Tucholsky Wagner Zola Scott Fonatne Sydow Freud Schlegel
Turgenev Wallace
Twain Walther von der Vogelweide Fouqué Friedrich II. von Preußen
Weber Freiligrath Frey
Fechner Fichte Weiße Rose von Fallersleben Kant Ernst Richthofen Frommel
Hölderlin
Fehrs Engels Fielding Eichendorff Tacitus Dumas
Faber Flaubert
Eliasberg Ebner Eschenbach
Feuerbach Maximilian I. von Habsburg Fock Eliot Zweig
Ewald Vergil
Goethe London
Elisabeth von Österreich
Mendelssohn Balzac Shakespeare Dostojewski Ganghofer
Lichtenberg Rathenau
Trackl Stevenson Doyle Gjellerup
Hambruch
Mommsen Tolstoi Lenz
Thoma Hanrieder Droste-Hülshoff
von Arnim
Dach Verne Hägele Hauff Humboldt
Reuter
Karrillon Rousseau Hagen Hauptmann
Garschin Gautier
Defoe Baudelaire
Damaschke Hebbel
Descartes
Hegel Kussmaul Herder
Wolfram von Eschenbach Schopenhauer
Dickens
Darwin Rilke George
Bronner Melville Grimm Jerome
Bebel
Campe Horváth Aristoteles Proust
Voltaire Federer
Bismarck Vigny Barlach Herodot
Gengenbach Heine
Storm Casanova Tersteegen Grillparzer Georgy
Lessing Gilm
Chamberlain Langbein Gryphius
Brentano
Lafontaine
Claudius Schiller
Strachwitz Kralik Iffland Sokrates
Bellamy Schilling
Katharina II. von Rußland
Gerstäcker Raabe Gibbon Tschechow
Löns Hesse Hoffmann Gogol Wilde Vulpius
Gleim
Luther Heym Hofmannsthal Morgenstern
Klee Hölty Goedicke
Roth Heyse Klopstock Kleist
Homer
Luxemburg Puschkin Mörike
La Roche Musil
Horaz
Machiavelli
Kierkegaard Kraft Kraus
Navarra Aurel Musset
Lamprecht Kind Kirchhoff Hugo Moltke
Nestroy Marie de France
Laotse Ipsen Liebknecht
Nietzsche Nansen
Marx Ringelnatz
Lassalle Gorki Klett
von Ossietzky Leibniz
May
vom Stein Lawrence Irving
Petalozzi
Platon Knigge
Pückler Michelangelo Kafka
Sachs Poe Kock
Liebermann
Korolenko
de Sade Praetorius Mistral Zetkin

Heitere Geschichten

Georg Heim

Impressum

Autor: Georg Heim
Umschlagkonzept: toepferschumann, Berlin

Verlag: tredition GmbH, Hamburg
ISBN: 978-3-8424-0573-8
Printed in Germany

Text der Originalausgabe

Georg Heim

Heitere Geschichten

(1924)

»'s Wärmche«

Im blühenden bayerischen Gelände meiner Jugend habe ich nichts anderes gewußt, als daß der reiche Obstsegen, den das ganze Land hat, auch für uns Buben da sei. Äpfel und Birnen, Zwetschgen und Nüsse waren in der Sommer- und Herbstzeit begehrte Artikel, und wir haben daran keinen Mangel gehabt. Man ist durch Feld und Flur gestreift und hat sich zunächst mit Fallobst begnügt. Wenn aber dieses nicht in ausreichendem Maße vorhanden war, hat man auch einmal einen Apfel oder einige Birnen oder Zwetschgen vom Baum geworfen oder geschüttelt. Recht ist es ja nicht gewesen, aber es ist doch ein großer Unterschied: wo in einer Gegend Obst eine Seltenheit ist, dort gilt ein solcher Raub als ein großes »Verbrechen«.

Aber diese schönen Tage waren bald vorüber. Mit dem Spätherbst und Winter bis Weihnachten gab es zu Hause in der Familie noch Äpfel von der eigenen Obsternte oder gekauftes Obst. Aber anders wurde die Sache »mit dem Langen der Tage«. Da ging auch das Obst bald aus. Aber so ein Schulbube, so ein richtiges Luder, weiß sich zu helfen.

Ein Nachbar meines Elternhauses hatte ein sogenanntes Apfelbett. Überall versteht man diesen Ausdruck nicht. Ich will ihn daher erklären. Es werden in die vier Ecken des Kellers Haken eingeschlagen und an diese werden die vier Zipfel eines großen, starken Tuches aufgehängt. Das ist das Apfelbett. Es wird alsdann Stroh darauf gelegt und auf dieses Stroh werden die Äpfel gelagert, so daß das Ganze etwas über dem Boden schwebt. Gerade zu der Zeit, als bei uns zu Hause das Obst ausging, entdeckte ich bei unserem Nachbarn durch ein Kellerfenster das Apfellager. Einsteigen war unmöglich, hinunterlangen ebenso, dazu haben meine Arme dortmals noch nicht gereicht. Es würde auch kaum heute gehen. Nun habe ich mein Schmetterlingsnetz benutzt, um mir einige Äpfel herauszufischen, aber mein Jagdgeräte ist mir abgebrochen. Jedoch trotz der »Überbürdung« der Jugend hatte ich noch Zeit genug, um mir einen Patentapparat auszudenken, indem ich an der Spitze einer Stange einen Nagel einklemmte, und – es war erreicht – der Apparat arbeitete vorzüglich. Allerdings hie und da passierte es mir, daß ein angestochener Apfel entwischte und wieder zurückkollerte.

Eines Tages erzählte mein guter Vater selig beim Abendtisch von einem merkwürdigen Apfelwurme, von dem unser Nachbar gesagt hatte. »Karl,« so hieß mein Vater, »gehe einmal mit in meinen Keller und sieh dir meine Äpfel an; so etwas hast du noch nicht gesehen. Da findest du angefressene Äpfel, du siehst ganz genau den Gang des Tieres, aber wenn du aufschneidest, findest du das ›Wärmche‹ nicht.« (Wärmche – im Untermaintaldialekt für Würmchen.)

Ich brauche wohl nicht zu sagen, daß mir bei dieser Erörterung am Elterntische nicht ganz wohl zumute war. Der Schrecken machte mich aber nicht lange vorsichtig, denn die Sehnsucht nach den Äpfeln war größer als aller Schrecken. Eines Tages stehe ich wieder mit meinem Patentapparat am Kellerfenster und habe mir meine Äpfel zum Vespern herausgefischt. Au weh! Ein eiserner Griff am Kragen. Erst glaubte ich, es wäre ein Schulkamerad, der mich necke. Wie war ich aber erschrocken, als ich mich umsah und in das Gesicht unseres wutentbrannten Herrn Nachbars blickte. Ich hatte die Sprache verloren. Ehe ich aber noch zu Wort gekommen war – die Geschwindigkeit ist mir heute noch unbegreiflich – war ich auch schon in den Hausplatz meines Elternhauses geschleppt wie ein Schwerverbrecher; von unserem Herrn Nachbarn wurde ich unter dem Triumphgeschrei »Karl, ich hab' das Wärmche!« meinem guten Vater vorgeführt.

Doch ich will meine Geschichte nicht so traurig schließen, denn ich bin kein Freund von Geschichten, die traurig ausgehen, aber das muß ich doch sagen: der Urteilsspruch, der nun erfolgte und die Ausführung des Urteilsspruches und die zudiktierte Strafe gehörten gerade nicht zu den angenehmen Jugenderinnerungen.

Der erste Glaubenszweifel

Ich war gerade in die ersten Elementarkenntnisse durch einen alten, liebenswürdigen Jugendbildner eingeweiht worden, als ich das erstemal mit den furchtbaren Qualen des Zweifels Bekanntschaft machte. Unvergeßlich ist mir der eben erwähnte Lehrerpatriarch als Religionslehrer. Er verstand es meisterhaft, uns Kinder mit Gottesfurcht und Gottesliebe vertraut zu machen. Eine vorzügliche Ergänzung war die Art, mit der uns ein junger Kaplan, ein kleines, zartes Männchen, voll Herzensgüte und Liebe zu den Kindern, uns mit Katechismus und Biblischer Geschichte bekannt machte. Besonders zartfühlend und geschickt war die Vorbereitung auf die erste Beichte.

Und so kam dieser Beichttag, an dem wir kleinen Sünder, noch nicht einmal zehn Jahre alt, das erstemal in unserm Leben unser Schuldbekenntnis ablegten. Fünf Priester saßen in den Beichtstühlen, und jeder von uns konnte sich wählen, wen er wollte. Der Mann meines Vertrauens war der kleine Kaplan.

Ich hatte mir mein Sündenregister aufgeschrieben. Alles ging glatt vonstatten bis zu der Stelle, wo ich mich des Zweifels am Glauben beschuldigte. Während er meine übrigen Sünden ruhig hingenommen hatte, gebot er mir, hier erstaunt, Halt und frug mich: Ja, Schorschl, wie meinst du das? Woran hast du denn gezweifelt? Und da erzählte ich denn: Ja, Sie sagten einmal, man solle Gutes tun, und wer Gutes tue, dem werde doppelt wiedergegeben werden. Nun habe ich vor Weihnachten wegen meiner guten Noten von einem Nachbarn einen Groschen geschenkt bekommen. Da habe ich mich an Ihre Zusage erinnert und habe den Groschen in die Kapuzinerkirche getragen zur Krippe, wo der Negerknabe mit den gefalteten Händen auf dem Kästchen zum Einwerfen von Geld kniet.

Da habe ich meinen Groschen hineingeworfen und der Negerknabe hat sein Dankkompliment gemacht. Dann bin ich schnurstracks aus der Kirche gesprungen und habe fest darauf vertraut, daß ich jetzt einen Sechser bekomme. Und siehe da: Ich erhielt diesen Sechser für einen Brief, den ich in ein Haus tragen mußte. (Was ich damals nicht verstand und auch nicht sagte: Es war ein geheimer Liebesbrief, den ich im Auftrag eines bei meinen Eltern wohnenden Studierenden der Forsthochschule der Tochter eines Nachbarn bringen mußte.) Da ich meine Botschaft gut besorgte, gab mir der »Forstpolack« einen Sechser. Den habe ich schleunigst wieder in die Kapuzinerkirche getragen und der Neger machte wieder sein Kompliment. Ebenso rasch bin ich wieder aus der Kirche heraus und habe fest vertraut, daß mir im nächsten Augenblick irgend jemand einen Zwölfer schenkt.

Es war gerade Weihnachtsjahrmarkt, und das höchste Ideal für uns Buben war der Kauf einer Zuckerstange oder von türkischem Honig. Im Vertrauen auf die Lehre des Herrn Kaplan habe ich auf die süßen Genüsse verzichtet. Und nunmehr passiert das Furchtbare: Kein Mensch gab mir einen Zwölfer, und die sechs Kreuzer waren futsch. Und da habe ich Zweifel bekommen an der Richtigkeit dessen, was der Herr Kaplan uns gesagt hatte.

Es war wohl nur die Rücksicht auf den Ort, die den Kaplan abhielt, in helles Gelächter auszubrechen. Denn das sonst so stille Männchen kicherte und brauchte lange, bis es diese Erzählung überwunden hatte. Die Geschichte hatte ihm offensichtlich einen Riesenspaß gemacht, und er meinte: Nun, Schorschl, wegen dieses Glaubenszweifels bekommst du keine Buße.

Aber mein Sechser war fort.

Mein erster Jagdfrevel

Man erinnert sich immer wieder mit Vorliebe der Orte, wo man seine Jugend verbrachte. Es war doch die schönste Zeit, in der wir als kleine Lateiner vollständig sorgenlos und ungebunden in dem überaus lieblichen Maintal bald an dem Wasser des Flußlaufes, bald in den wunderschönen Anlagen und Wäldern, dann wieder auf Bergeshöhen unsere zeitgemäßen Spiele trieben.

Jede Jahreszeit hat ihre besonderen Unterhaltungen. Bei Frühjahrsbeginn geht's hinaus, Palmkätzchen suchen, in der Osterzeit werden die Ostereier gepickt, in der zweiten Hälfte des Frühlings kommt dann der Kreisel und das Schusserspiel, im Sommer bildet das Wasser einen Hauptanziehungspunkt für Baden, Fischen, Schwimmen, Krebsen, Kahnfahren, und wenn dann der Herbst kommt mit seiner Fülle von reifenden Früchten, wird eine fruchtreiche Gegend für die Buben ein Paradies. Dann kommen die Herbstwinde. Auf breiten Wiesenflächen steigen die Drachen an unendlich langen Schnüren in die Höhe, und auf den Kartoffeläckern steigt Rauch auf, in der heißen Asche des verbrannten Kartoffelkrauts werden die Kartoffel gebraten.

Ich muß mich öfters wundern, wenn ich das Spiel der Jugend beobachte, wie heute noch alles so ist wie vor fünfzig Jahren, und wie es wohl schon war vor hundert Jahren.

Die schönste Zeit, weil sie für die Unternehmungslust der Jugend keinerlei Zeiteinschränkung bringt, sind die großen Ferien, die in die heißen Sommermonate fallen, fälschlich als Herbstferien bezeichnet. In meiner Heimatstadt ist das Ostufer des Maines bergig. Die Stadt selbst steigt terrassenförmig an; eine Brücke führt auf die Westseite des Mains, und hier erstreckt sich eine breite Ebene, die auf drei Seiten vom Main umgeben ist. Hier hat Bayern bald ein Ende. Nach Westen liegt der wunderbare Schönbuschpark, wo die Bischöfe der kurmainzer Zeit ihre Zeit mit Schäferspielen vertrieben. Dieser wundervolle Park mit seinen versteckten Tempelchen, Schlößchen und Waldhäuschen wurde von uns Jungen mit Vorliebe aufgesucht. Zwei bunte Alleen, die eine für Fußgänger, die andere von Napoleon angelegt – ungewöhnlich breit und von hohen Pappelbäumen eingezäunt – für Fahrzeuge. Zwei Stunden von der

Mainbrücke an gerechnet ist bereits die Landesgrenze, und das Nachbarland Hessen beginnt.

Es war ein Augusttag, der Himmel wolkenlos, tiefblau, als sechs kleine Lateiner auf dieser Allee nach dem Schönbusch marschierten. Daß sie nicht sittsam, Schritt für Schritt den Weg verfolgten, ist wohl selbstverständlich. Da war bald hier, bald dort, bald rechts, bald links vom Wege abseits irgend etwas zu sehen, zu forschen, zu untersuchen.

Auf einmal gab es ein großes Hallo. Ein Hase, – wie der Blitz war die ganze Schar hinter dem armen Lampe her, und merkwürdig, er war nicht so flink wie seine Genossen, und der Grund hiefür stellte sich alsbald heraus. Er war offenbar einmal angeschossen worden; denn ein Lauf war verkümmert, und so waren die vielen Buben des Hasen Tod. Erschlagen war der gute Lampe schnell; aber kaum war der Mord geschehen, dann sahen wir uns alle mit einem gewissen Mißbehagen an. Nunmehr wurde beraten. Was soll mit ihm geschehen? Alle waren sich darüber einig, daß man den Hasen nicht mit nach Hause nehmen durfte, und daß wir bestraft würden, wenn der Mord bekannt würde. Einigen davon wurde gruselig, und es wäre ihnen lieb gewesen, wenn sie von der ganzen Sache nichts gewußt hätten. Ein Nachbarsbub aber, der nicht zu Skrupeln neigte, packte den Hasen und forderte mich auf, mit ihm zu gehen. Die anderen entfernten sich. Er war kurz entschlossen, versteckte den Hasen unter einer Wegüberfahrt. Dann gingen auch wir nach Hause. Auf dem Heimweg war der Gegenstand unserer Unterhaltung fortwährend, die beste Art und Weise herauszubringen, um den Hasen unentdeckt über die Brücke zu bringen. Mein Freund meinte, wir könnten ihn mit dem Kahn über den Main bringen. Dagegen hatte ich Bedenken, und ich sagte ihm, ich hätte einen Plan. Er wollte meinen Plan wissen; ich sagte ihn aber nicht. Am anderen Tag sollte er zu mir kommen, dann würde er alles hören. Aber den Hasen dürften nur wir allein essen.

Zur Ausführung unseres Vorhabens schien mir die Morgenstunde geeigneter, weil einem da nicht so viel Leute begegneten. Der Weg führte wieder über die Mainbrücke, auf der nahe dem jenseitigen Ufer ein kleines Zolleinnehmerhäuschen stand. Ich kannte den Zolleinnehmer. Er schaute gerade zu seinem Guckfenster heraus, als ich mit meinem Freund die Brücke passierte. Ich grüßte ihn respektvoll. Er kannte meinen Vater, der Stadtrat war, gut, und auch ich war ihm nicht unbekannt. Ich näherte mich ihm voll Vertrauen und frug ihn, ob ich nicht einen Kürbis holen dürfte. Ich möchte mir einen »ausschneiden«. Das war ein beliebtes Tun unserer Jugend. Auch ein Spiel, das seine Saison hatte, und heute noch hat so Ende August, Anfang September. Es gab bei uns die großen Feldkürbisse, die wurden ausgehöhlt, dem Kürbis Augen und Mund geschnitten und abends ein Lichtchen hineingestellt. Solche leuchtende Köpfe konnte man abends in manchem Garten und Hofraum sehen.

Der Herr Zolleinnehmer fühlte sich wohl durch meine Wohlanständigkeit sehr geehrt. Er sagte mir: Du darfst dir einen auf meinem Acker holen, mehr wie einen aber darfst du nicht nehmen. Ich dankte ihm herzlich und versprach ihm, auf dem Rückwege mich bei ihm zu melden.

Wir holten einen Kürbis, höhlten ihn aus und schnitten oben einen Deckel ab. Dann gingen wir zu dem Platze, wo unser Hase versteckt war und rollten ihn in den Kürbis hinein. Dann kam wieder der Deckel auf den Kürbis.

Jetzt ging's heimwärts. Ich trug meinen Kürbis, den ich mit meinen kleinen Armen kaum umspannen konnte, im festen Vertrauen auf das Gelingen meiner Kriegslist, zum Zollhäuschen. Der Einnehmer schaute gerade heraus.

Guten Morgen, Herr Einnehmer! Er frug mich: »Hast du einen?«, und ich gab ihm zur Antwort: »Jawohl, ich habe einen!« Ich klopfte dabei auf meinen Kürbis.

Er rief mich zu sich heran mit den Worten: »Laß ihn einmal sehen.« Jetzt wurde mir schwummerig. Doch er ließ es beim Augenschein bewenden. Ich bedankte mich, und die gefährliche Klippe war überwunden, und mit Genehmigung des Zolleinnehmers brachte ich den Kürbis, der auf seinem eigenen Acker wuchs, mit der Beute meines ersten Jagdfrevels, ohne die vorgeschriebene Fleischakzis zu zahlen, nach Hause. Der Zolleinnehmer selbst war zum Hehler geworden.

Die Mutter meines Freundes hat den Hasen hergerichtet. Das war mein erster und letzter Jagdfrevel. Ich gestehe aber ganz offen, daß mir im Leben nie ein Hase so gut geschmeckt hat wie dieser. Das ist die Geschichte von der verbotenen Frucht.

»Fischfrevel«

Ort der Handlung: Würzburg, Universitätsstadt am Main, umschlossen von Rebenhügeln, türmereich, Studentenstadt.

Zeit der Handlung: Vor ungefähr 40 Jahren, also Mitte der achtziger Jahre des vorigen Jahrhunderts.

Handelnde Personen: Drei Studenten in Würzburg, gemeinhin Doktoren genannt. Jedermann aus dem Volk sagt dort zum Studenten Herr Doktor. Das erklärt sich daraus, daß die Studierenden der Medizinischen Fakultät in Würzburg an Zahl die aller anderen Fakultäten weit übertreffen. An Personen ferner ein, später drei Nachtwächter, von den Studenten ihrerseits als Herr »Nachtrat« bezeichnet. Diese spezielle Würzburger Einrichtung ist meines Wissens erst vor 20 Jahren verschwunden.

Während der Nacht hatte nicht die Polizei, sondern der Nachtwächter für die Sicherheit der Musenstadt und ihrer Bewohner zu sorgen.

Zwischen Student und Nachtwächter bestand zu jeder Zeit ein gespanntes Verhältnis. Die Nachtruhe, für die die Nachtwächter ebenfalls verantwortlich waren, wurde von den Studenten, besonders nach Schluß der Kneipen, oft in frevelhaftester Weise gestört. Die Reibereien zwischen diesen beiden Gegensätzen fanden nie ein Ende. Das hat aber nicht daran gehindert, wenn in Bärs Keller oder sonst einem Bierlokal ein Student einen ihm bekannten Nachtwächter am hellen Tag traf, der im bürgerlichen Leben nebenbei ein ehrsames Handwerk als Schuster oder Schneider ausübte, mit seinem vermeintlichen Gegner gemütlich eine Maß Bier oder einen Schoppen Most zu trinken.

Es war eine heiße Julinacht. Ich kenne keine Stadt in Deutschland, in der es so heiß sein kann wie in Würzburg. Selbst während der Nacht tritt an besonders heißen Tagen keine Abkühlung ein. Am kühlsten ist es noch in den engen Gäßchen der alten Festungsstadt, und in diesen wieder in den alten Stammkneipen mit ihren dunklen Gelassen.

Der Vorfall, den ich erzähle, ereignete sich nach Mitternacht. Auf der wunderschönen alten Mainbrücke, die Groß- und Klein-Würzburg seit vielen Jahrhunderten miteinander verbindet, standen drei Studenten, ruhig, wortlos, das Antlitz über den Brückenrand gebeugt, jeder in der Hand eine riesige Angelgerte. Sie standen unverdrossen, unbehelligt, schon längere Zeit. Ab und zu ging ein Spätheimkehrender über die Brücke, stellte sich neben die Studenten und schaute ihnen einen Augenblick zu, wie sie ihre Angelruten an unendlich langen Schnüren hinunterließen in die warmen Fluten des Mains. Und sie standen immerfort. Da näherte sich ein Nachtwächter, vorsichtig und von fern die drei Gestalten beobachtend, alsdann näher kommend, den Blick scharf hinuntergerichtet, genau so wie die drei Studenten.

»Meine Herren, was machen Sie hier?« Keine Antwort. »Meine Herren, Sie fischen!« Keine Antwort. »Meine Herren, haben Sie Fischkarten?« Keine Antwort. »Meine Herren, dann muß ich Sie bitten, mir ihre Legitimationskarten zu zeigen.« (Jeder Student konnte sich mit der Legitimationskarte ausweisen und dadurch einer eventuellen Festnahme entgehen.) Keine Antwort. »Dann, meine Herren, muß ich Sie bitten, mit mir auf die Polizei zu gehen.« Keine Antwort. Der Nachtwächter greift nach seinem Horn und ruft mittels seines Signals Verstärkung herbei. Es kommen zwei weitere Nachtwächter. Das Fragespiel wiederholt sich. Die Antwort war die gleiche. Jetzt wurden die drei ungemütlich; jeder nahm einen von uns am Arm: »Bitte, folgen Sie uns!« Wir hoben unsere Angelstecken hoch. Und richtig! An jeder Angel hing ein Fisch. Für die Nachtwächter war das Wasser auf die Mühle. »Der Fall ist einwandfrei festgestellt. Die Herren haben gefischt!« Von der Brücke bis zum Polizeigebäude sind es nur wenige hundert Meter. Im »Nachtjourzimmer«, auf deutsch »Nacht-Tagzimmer«, saß ein jourhabender Offiziant. Einer der Nachtwächter tritt vor und meldet: »Drei Studenten ohne Angelkarten beim Fischen auf der Mainbrücke erwischt. Ihre Legitimationskarten vorzuzeigen haben die Herren verweigert.« Der Jourhabende richtete an uns die Frage, ob das richtig sei, worauf einer von uns zur Antwort gab, das sei alles richtig, nur hätten wir nicht gefischt. Darauf erklärten alle drei Nachtwächter triumphierend: »Ja, die Herren haben die Fische noch an der Angel!« Der Offiziant, der seine Studenten gut kannte, forderte uns auf, die Fische vorzuzeigen. Wir hatten aber die Angelstecken vor der Tür im Gang niedergelegt; denn es war unmöglich, sie bei ihrer Länge ins Zimmer mit hereinznnehmen. Der Offiziant sagte: »Wo sind die Fische?«»Die Angelstecken waren zu groß,« sagte der Nachtwächter, »darum haben wir sie draußen vor der Türe niederlegen lassen.« Es wäre nun nahegelegen, daß der ganze Zug sich zur Feststellung vor die Türe begeben hätte. Aber der Offiziant rückte nicht vom Platz. »So, meine Herren, gehen Sie einmal hinaus, schneiden Sie die Schnüre ab und bringen Sie die Fische herein!« Dazu waren wir sofort bereit. Wir kamen zurück und jeder von uns hatte ein Stück Angelschnur und Angel und einen Fisch in der Hand. Es waren – Heringe.

Der Offiziant sagte zu den Nachtwächtern: »Ja, gibt's denn im Main Heringe? Da seid ihr wieder einmal einer Lumperei aufgesessen. Übrigens, meine Herren,« bemerkte der Offiziant, »kommen Sie doch nicht um die Ecke, denn das ist grober Unfug.« Als wir ihm aber alle drei ernstlich versicherten, daß wir an groben Unfug gar nicht gedacht hätten, daß wir ganz harmlos auf der Brücke gestanden seien, daß wir nur im Interesse unserer Gesundheit unsere Heringe gewässert hätten, damit wir nicht am anderen Tag wieder so großen Durst bekämen, daß es uns leid wäre, daß es in Würzburg so heiß sei, daß man immer so viel Durst habe, daß es oft nicht möglich wäre, den Durst zu stillen, daß das für jeden Studenten ein Schaden sei, und besonders für die Eltern usw., da schmunzelte der alte Menschen- und Studentenkenner und sagte: »Ist schon recht, meine Herren, die Sache ist erledigt. Wenn Sie aber wieder einmal einen Hering brauchen, dann wässern Sie ihn zu Hause bei ihrer Hauswirtin und nicht im Main. Und nun gehen Sie.«

Die drei Nachtwächter aber blieben noch zurück. Was er dann wohl mit ihnen geredet hat?

Die unheimliche Hand

Es war wieder einmal Oktoberfest in München, so in den neunziger Jahren. Ein Trupp Studenten, zogen wir durch die Budenstraßen der Festwiese. Da entdeckte ich an einer Ecke einen merkwürdigen Zigarrenladen. Auf einem niederen Tisch stand eine große, viereckige Kiste mit einem Ochsenfell umkleidet, und diese Riesenkiste war angefüllt mit Zigarren. Auf der primitiven Holztafel stand die Bemerkung: »Ein Griff 40 Pfennig.« Über die Qualität der Zigarre war nichts bemerkt. Es war offenbar die Sorte »Du sollst mich nicht befragen.« Das Geschäft lockte mich. An einem Körper von 1,93 Metern Länge hängt meistens eine entsprechend große Hand, und somit schien das Geschäft für mich aussichtsvoll. Ich berappte meine vierzig Pfennig, umgeben von meinen Freunden, und griff nun hinein mit ausgespreizten Fingern, um so viel Zigarren wie möglich zu fassen. Die Ausbeute war ergiebig. Ein nebenstehender Bauer gab mir vierzig Pfennig und fragte mich, ob ich bereit wäre, auch für ihn Zigarren um vierzig Pfennig zu »derglangen«, wozu ich mich selbstverständlich sofort bereit erklärte.

Es mehrten sich die Zuschauer. Bei jeder Manipulation wächst durch die Übung die Fingerfertigkeit. Der zweite Zug war eher noch ergiebiger. Der Bauer zählte seine Zigarren glückstrahlend. Er hatte noch zwei mehr wie ich. Er war so zufrieden, daß er mich noch einmal ersuchte, einen zweiten Griff für ihn zu tun. Der Erfolg war der gleiche, und nunmehr wurde ich zum Medium. Ein Packträger, der unter den Zuschauern war, bat mich ebenfalls, für ihn zu greifen, indem er bemerkte: »Die könna so schlecht sei', wia s' mög'n, die verschneid' i in mei' Pfeif, mei' Pfeifentabak kimmt mi teura. A Griff mit so an Bratzerl, wia Sie ham, is mehra als wia a Packerl Tabak.« Diesmal aber begegnete mein Griff dem Protest des Unternehmers. Er protestierte gegen meine Mediumrolle. »Jeder muß für sich selbst greifen«, so lautete das Gesetz, das er jetzt verkündete.

Der Packträger aber erblickte hierin eine große Rechtsverletzung und gab diesen seinen innersten Gefühlen in jener deutlichen Sprache Ausdruck, die die Münchener auszeichnet. »Eahm schaugt's o'! Was war denn nöt dös! Mei Liaba, da steht nix, daß ma' grad nur oamoi greifa därf. Daß di' auskennst, was steht do, ha: Ein Griff 40 Pfennig! Der Herr do ko greifa, so oft er mag, bal er zahlt. Schaug den Schlawiner net o'! Da solln vielleicht nur Institutsfreiln greife?« In diesem Ton ging's weiter; der Packträger wurde immer heißer.

Unterdessen hatte sich eine lebhafte Erregung des umstehenden Publikums bemächtigt. Die Zahl der Umstehenden wuchs. Es redeten gleichzeitig zehn bis zwölf Personen auf den Unternehmer ein, und zuletzt waren wir Studenten es, die ihn wenigstens davor bewahrten, daß seine Zigarren im wahren Sinne des Wortes auf die Wiese flogen. Es hatten sich einige Elemente unter den anfänglichen Zuschauerkreis vermengt, die es scheinbar darauf abgesehen hatten. Wir hielten aber stand, und man vertröstete sich damit, daß der Packträger weggegangen war, einen Schutzmann zu holen. Dieser kam, bald darauf ein zweiter und dritter. Sie nahmen Kenntnis von dem Ausgangspunkt des Streites, und obwohl der Unternehmer wiederholt versicherte: »Wenn a jeda so vui derwischet wia der Herr do mit sein kloana Bratzerl, no war i do heit abend no bankerott«, so mußte er sich dem Urteil des Schutzmanns unterwerfen, und ich griff wenigstens noch die vierzig Pfennig für den Packträger. Dieses Mal mit noch besserem Erfolg, zum großen Jubel der Umstehenden. Ich wär wohl noch am Abend am gleichen Fleck gestanden, so viel vierzig Pfennig wurden mir angeboten. Ich hatte aber ein menschliches Fühlen und ging.

Ich fühlte mich als Held des Tages. Am andern Tag war im Polizeibericht unter anderem erwähnt, daß es auf der Wiese eine Rauferei und in frühen Nachmittagsstunden einen Auflauf gegeben, wobei das Publikum gegen den Inhaber eines fliegenden Standes Stellung genommen habe. Alles um vierzig Pfennig!

Das erste Mal vor Gericht

Amtsgericht München I, Abteilung für Strafsachen, im »Justizpalast« von Anno dazumal in der Gruftgasse. Ein Labyrinth von engen Gängen. Menschengewoge, auf- und abgehende Richter und Rechtsanwälte in Roben und im Frack ... Heute ist wieder Mittwoch; damit hat es eine besondere Bewandtnis. Das ist der Tag, an dem in einem bestimmten Saale vor einem bestimmten Richter nur Studenten abgewandelt werden. Den Vorsitz führt immer der gleiche Richter, ein alter Herr. Er ist mir später wieder über den Weg gelaufen, und ich konnte ihm einmal, merkwürdig, wie es im Leben oft geht, einen Dienst erweisen. Er war indessen Referent im Justizministerium geworden, und ich Landtagsabgeordneter. Er hatte die Strafanstalten unter sich. In dieser seiner Eigenschaft wurde er offenbar von Untergebenen, denen er auf die Hühneraugen treten mußte, angefeindet. Die Unterlagen für diese Angriffe waren Bagatellsachen.

Meine Sache wurde als Nr. 1 aufgerufen. Der Universitätsstudent Georg Heim trat in den Saal ... wegen eines Strafbefehls, weil er seinen Hund ohne Maulkorb, gegen die damals geltende Vorschrift, laufen ließ. Der Richter, der jede Woche ein halbes Dutzend Studenten abwandelte, kannte seine Kundschaft ganz genau. Nach Feststellung der Personalien und Bekanntgabe des Reates richtete er an mich die Frage, ob ich die Anzeige des Gendarmen X. als richtig zugebe. Dazu war ich leider nicht in der Lage. Meine Antwort lautete: »Nein.« »Bestreiten Sie, daß Sie am 9. November mit Ihrem Hund durch die Adalbertstraße gingen, und daß Ihr Hund keinen Beißkorb anhatte?« Antwort: »Ja, das bestreite ich.« »Nun gut, wir werden ja sehen, der Gendarm ist ja als Zeuge da.«

»Wollen Sie einen Gegenbeweis antreten?« »Jawohl, Herr Vorsitzender, ich habe meine Zeugen mitgebracht.« »So, Sie haben Zeugen dabei; wo sind die, stehen die noch draußen?« »Jawohl.« »Wieviele sind es?« »Vierzehn.«

Schallende Heiterkeit im Zuhörerraum.

»Ja, mein lieber Freund, glauben Sie wirklich, daß wir wegen einer solchen Lappalie vierzehn Zeugen vernehmen und den ganzen

Morgen mit Ihrer Hundsgeschichte verbringen? Nein, mein lieber Freund, das werden wir kürzer machen. Nun, jetzt sagen Sie einmal ganz offen, wie ist denn die Geschichte mit dem Hund?« »Herr Richter, ich möchte bitten, daß die Zeugen vernommen werden.« »Das ist meine Sache; ich habe Sie jetzt gefragt, ob Sie die Geschichte mit dem Hund uns nicht selbst aufklären wollen.« Er ließ den Gendarm, der die Anzeige erstattet hatte, durch den Gerichtsdiener in den Gerichtssaal rufen.

Der Gendarm erzählte auf Befragen des Richters unbeeidigt, daß er am 9. November, nachmittags halb 3 Uhr, mich mit meinem Hund an der Ecke der Universität und Adalbertstraße gesehen habe. Er hatte mich zur Rede gestellt. Der Hund hatte keinen Beißkorb an, er trug auch nicht die vorschriftsmäßige Hundemarke, und wie sich dann später herausgestellt habe, sei er auch nicht zur Steuer angemeldet.

Der Hund sei eine Bulldogge gewesen, braun und weiß gesprenkelt, und er habe mich mit dem Hund auch in den darauffolgenden Tagen, allerdings dann mit Beißkorb und an der Leine geführt, noch einige Male beobachtet.

Darauf der Richter: »Nun, Sie, Studiosus, was sagen Sie jetzt?«

»Herr Richter, ich kann Ihnen bloß versichern, daß ich vollständig unschuldig bin, die Zeugen werden das bestätigen.« »Da steckt irgendeine Lumperei dahinter; ich kenne euch doch. Wollen Sie denn jetzt nicht herausrücken?« »Herr Richter, ich bitte doch meine Zeugen zu vernehmen.« »Wen haben Sie denn als Zeugen mitgebracht?« »Meinen Hausherrn, den Schneidermeister X., seine Ehegattin.« »Die brauchen wir schon gar nicht; da genügt der Hausherr vollständig.« »Außerdem die Milchhändlerin Zenzi Huber, die in unserem Haus einen Milchladen hat und bei der ich für meinen Hund ... immer die blaue Milch kaufe.« Der Richter: »Für Ihren Hund? Ja, das geben Sie ja zu, daß Sie einen Hund haben?«

»Ja, Herr Richter, das habe ich ja nie bestritten.«

»Ja, da scheint es sich um zwei Hunde zu handeln.«

Der Richter: »Was haben Sie außerdem noch für Zeugen?« »Noch elf Freunde von mir.« Der Richter: »Studenten natürlich?« Heiterkeit im Zuhörerraum. »Von ihren elf Freunden werden wir wohl kaum einen als Zeugen brauchen. Es sollen zunächst einmal der Schneidermeister X. und die Milchhändlerin Huber eintreten.« Es geschah. Der Richter: »Sie wissen, um was es sich handelt.« »Ja, wir haben das Strafmandat gesehen.« »Kennen Sie den Beklagten?« Der Schneidermeister hierauf: »Er wohnt bei mir«, und die Milchhändlerin versichert: »Ich kenne den Herrn auch; er trinkt immer sein Frühstück bei mir und kauft die blaue Milch für seinen Hund.« Hierauf der Richter: »Also, Sie kennen den Hund? Das ist eine Dogge, hoch, braun gefleckt. Es ist eine Dogge.« »Nein, es ist keine Dogge«; worauf Schneidermeister und Milchhändlerin übereinstimmend sagen, daß der Hund des Beklagten keine Dogge ist, auch nicht braun mit weißer Sprenkelung, sondern ein schwarzer Dackel, klein und krummbeinig.

Der Richter: »Ja, da haben wir ja die Sache schon. Da dreht es sich um zweierlei Hunde. Ja, Herr Schneidermeister X., sagen Sie einmal, hat vielleicht der Student Heim, der bei Ihnen wohnt, einmal kurze Zeit eine Dogge besessen?« »Ja, er hat einmal fünf oder sechs Tage lang, das war so im November, eine Dogge bei sich gehabt. Die hat er dann wieder hergeben müssen. Warum, weiß ich nicht.«

Der Richter zum Angeklagten: »Wollen Sie dann jetzt den Fall aufklären? Jetzt wäre es doch endlich an der Zeit, daß Sie einmal sagen, wie sich die Geschichte mit dem Hund verhält. Soviel steht fest, Sie haben einen Hund. Ist das richtig?« Antwort: »Jawohl.« »Und Sie hatten auch vorübergehend im November eine Dogge?« »Nein, Herr Richter, die war nicht mein Eigentum.« »Darauf kommt es jetzt an. Wie verhält es sich mit der Dogge?« »Darf ich das genau auseinandersetzen?« »Ja, aber nur nicht zu genau; nur das, was notwendig ist.« Unterdessen waren meine elf Freunde im Zuhörerraum eingedrungen. Die Studentenverhandlungen waren immer gut von Zuschauern besetzt; denn es gab immer etwas zu hören. »Nicht wahr, Herr Richter, ich habe also das Wort.« »Ja, Sie haben das Wort, um das Notwendigste zu sagen.« Hierauf führte ich aus: »Es war nachmittags nach 2 Uhr an einem wunderschönen Herbsttag. Die Sonne lachte am Himmel.« Große Heiterkeit im Zuhörerraum. Der Richter verwies dem Publikum seine Aufführung und bemerkte: »Ein Gerichtssaal ist kein Theater, und wenn Sie lachen wollen, müssen Sie zu Geis & Seidenbusch im Oberpollinger.« (Das war die Stätte, wo jeden Abend Geis & Seidenbusch als die beliebtesten Münchner Komiker Lachsalven der Zuhörer auslösten.) »Vollständig ahnungslos schlenderte ich in der Richtung gegen das Siegestor des Wegs, als ich plötzlich an meiner linken Hand eine kalte Hundsschnauze spürte, und ich gewahrte an meiner Seite eine schöne, starke, gutmütig dreinschauende Dogge, bis dorthin mir nach Name, Stand und Wohnort vollständig unbekannt.« Schallende Heiterkeit.

Der Richter ermahnt mich, hier im Gerichtssaal keine Späßchen zu machen, er hätte auch noch andere Mittel, um mir dies Handwerk als Spaßmacher im Gerichtssaal sofort zu legen. Dabei blinzelten seine Äuglein durch seine funkelnden Brillengläser schalkhaft. »Die Sache ist nun sehr einfach, der Hund ist dann mit Ihnen nach Hause gelaufen, nicht wahr?«

Ich fahre fort: »Ja, ganz merkwürdig. Sympathien, die Hunde oft ganz fremden Personen im ersten Augenblick zeigen, übertrug er sofort auf meine Person, und ich war über die Zutraulichkeit des Tieres erfreut.« Steigernde Heiterkeit im Zuhörerraum.

Der Richter erklärte mir nunmehr, daß ich weiter nichts zu erzählen hätte, er würde mich jetzt fragen. »Sie sind alsdann mit dem Hund nach Hause gegangen?« »Nein, der Hund ist mit mir nach Hause gegangen.« Gesteigerte Heiterkeit. Laute Ermahnung des Richters für die Zuhörer, andernfalls Räumung des Auditoriums. »Und Ecke der Universität und Adalbertstraße ist Ihnen der Gendarm begegnet und hat Sie zur Rede gestellt?« »Jawohl.« »Und Sie haben ihm nicht gesagt, daß der Hund Ihnen zugelaufen sei?« »Nein.« »Warum haben Sie dem Gendarm diesen Aufschluß nicht gegeben?« »Weil er mich nicht danach gefragt hat. Er hat mich gleich gefragt, warum mein Hund keinen Beißkorb hätte.« »Haben Sie mit dem Gendarm schon einmal zu tun gehabt?« »Jawohl, er hat mich einmal angezeigt, weil ich bei offenem Fenster gesungen hatte, und das hat mich empört.« »So, so, und da haben Sie ein Strafmandat bekommen? Es fragt sich nur, wann Sie gesungen haben und wie laut. Wann war das, um welche Stunde?« »In den Morgenstunden.« »Aha, um 1 Uhr, wie?« »Nein, Herr Richter, es war 3 Uhr.« »So, so, und da wundern Sie sich darüber, daß man einen Menschen, der um 3 Uhr nachts auf seinem Zimmer singt, der die Ruhe von schlafenden Mitmenschen stört, bestraft. Und so hatten Sie auf den Gendarm einen Pick und wollten ihm bei der Gelegenheit eines heimzahlen?« Schweigen meinerseits. »Also Zeugen werden nicht vernommen.« Das Gericht schließt sich zur Beschlußfassung zurück. Der Amtsanwalt war bei der ganzen Geschichte zunächst vollständig passiv geblieben. Jetzt ergriff er das Wort und sagte: »Herr Richter, ich ziehe den Strafantrag zurück.« Beifälliges Gemurmel im Zuhörerraum seitens meiner Freunde. Der Richter gibt mir die Ermahnung, zu vermeiden, künftig mit der Polizei und mit dem Gerichte in Berührung zu kommen, worauf ich ihm erklärte, daß ich noch zwei Berufungen eingelegt hätte, denn ich hätte ein Strafmandat bekommen, weil mein Hund kein Hundezeichen trug, und Geldstrafe, weil mein Hund nicht zur Steuer angemeldet war, dieser mein Hund, der fünf Tage später bei mir wieder abgeholt wurde gegen Rückersatz des Futtergeldes und der Kosten für ein Inserat. Auch gegen diese beiden Strafmandate hatte ich Berufung eingelegt. Das wurde auch noch im Gerichtssaal festgestellt, worauf der Richter bemerkte: »Da wollen Sie dann wieder mit Ihren 14 Zeugen kommen?« »Selbstverständlich, Herr Richter, denn das ist mein gutes Recht angesichts der falschen Beschuldigungen, die gegen mich erhoben werden.« Gelächter, Heiterkeit im Zuhörerraum. »So, jetzt ist es aber genug. Jetzt treten Sie ab, das andere wird sich ergeben.«

Der Amtsanwalt machte sich eine Notiz. Für meine beiden Berufungen wurden nie Termine angesetzt. Siegreich auf der ganzen Linie. Das erstemal unschuldig vor Gericht.

Das erste Mal im Weltbad

3½ Monat Ferien, von Ende Juli bis Mitte Oktober. Wer kann sich einer so langen Erholung erfreuen wie ein Student. Bei manchen, besonders jüngeren Semestern, wäre entsprechend der vorher geleisteten Arbeit eine Ruhepause überhaupt nicht notwendig.

Für mich krassen Fuchs war diese Zeit die schönste Zeit. In meiner Heimat war es Sitte, daß drei, vier gleichgesinnte Freunde während der Herbstferien große Fußwanderungen machten; das Radfahren war noch wenig verbreitet.

Die Mittel, die uns Söhnen von Kleinbürgern und Beamten zur Verfügung standen, waren sehr bescheiden. Das zwang zur Sparsamkeit beim Wandern und erhöhte den Genuß. Wie oft haben wir im Heu übernachtet. Die Freude am Gesehenen und Erlebten wurde dadurch nur noch größer.

Es freut mich von ganzem Herzen, wenn ich jetzt diesen Wandertrieb in unserer Jugend, verbunden mit schlichter Sparsamkeit und Einfachheit, in einer großen Reihe von Jugendverbänden organisiert sehe. Wir mußten das auf eigene Faust machen, was heute der Jugend durch ihre Organisationen gezeigt, gelehrt und geboten wird.

Aber einmal hatte ich doch eine Anwandlung zu höherem Genuß und kühnerem Unternehmen. Ich wollte in ein Weltbad, es anderen Leuten gleichtuend. Der Entschluß war rasch gefaßt. Ich fuhr von meiner Heimatstadt Aschaffenburg mit der Bahn bis Gemünden, einem bekannten Eisenbahnknotenpunkt. Von da wanderte ich zu Fuß die Saale aufwärts nach Bad Kissingen, mein Ränzel am Rücken, in der Tasche 20 Mark, die Einnahmen für ein Hochzeitsgedicht, das ich gemacht hatte, und begleitet von einem riesigen Biest, einer dänischen Dogge, außerordentlich intelligent und kühn und zu allem abzurichten. Er gehörte meiner Verbindung.

So landete ich in den frühen Nachmittagsstunden in dem Weltbad Kissingen, zu jener Zeit berühmt geworden durch die alljährigen Besuche Bismarcks. Zuerst suchte ich mir eine Wohnung. Ich sah Kissingen zum erstenmal, aber ich war mir sehr rasch darüber klar, daß die schönen Hotels in der sogenannten Kurlage bei meinem Etat als Absteigequartier ausschieden.

Bei meiner Expedition lenkte ich somit meine Schritte mehr in die Außenlagen und gewisse Straßen mit kleinen Häusern, Überbleibseln des alten Kissingen. Verschiedentlich waren Zettel ausgehängt mit der Überschrift »Zimmer zu vermieten«. Ich faßte Mut und ging in ein kleines Häuschen am Viehmarkt. Zimmer zur ebenen Erde mit Frühstück, wöchentlich 11 Mark. Ich versicherte der alten Matrone, die mir das Zimmer zeigte, voller Lebhaftigkeit, mit dem Aufgebot außerordentlicher Liebenswürdigkeit, daß das für meinen Freund, für den ich suche, zuviel wäre. Die gute Alte wurde darob nicht erbost, im Gegenteil, sie gab mir einen Fingerzeig, wo man billiger landen könne. Ich fand das Haus, einen niederen Sandsteinbau, wie sie heute noch in Kissingen zu finden sind, bergauf gegen den Sinnberg, außerhalb der Stadt . . .

Ich trat an, ließ aber zur Vorsicht meinen Hund draußen; ich hatte den Eindruck, als ob mein Cäsar mir bei Abschluß des Geschäftes hinderlich wäre.

Ein altes Ehepaar fragte mich nach meinem Begehren. »Ich habe gehört, man könne bei Ihnen wohnen.« »Das schon, aber wie lange wollen Sie denn bleiben?« Jetzt dachte ich an meine zwanzig Mark, und das Blut schoß mir in den Kopf, aber kühn gab ich zur Antwort: »Vierzehn Tage!« Die Leute musterten mich von oben bis unten und fragten mich, ob ich denn Kurgast sei, was ich für einen Beruf hätte und woher des Wegs. Meine flotte Antwort, ich sei Student und Kurgast, machten auf sie Eindruck. Offenbar waren Studenten als Kurgäste im Weltbad Kissingen seltene Gäste. Nach diesem Vorgefecht wurde ich eine schmale Stiege hoch unter das Dach, Mansarde, hinauf geleitet. Von der Treppe weg fiel man sofort durch eine Türe in die zu vermietende Stube. Das Zimmer gefiel mir. Es hatte den kolossalen Vorteil, daß, wenn mich am Kopf eine Fliege belästigte, ich sie sofort, ohne mich zu strecken, an der Decke zerdrücken konnte. Ich sah aber dann noch eine weitere Türe, drückte auf die Klinke, und die Tür war offen. »Da wohnt ein Kurmusiker bei uns, der geht durch Ihr Zimmer.« Ich dachte mir, was liegt daran. Dortmals hatte ich einen Schlaf, daß ein ganzes Infanterieregiment durch mein Zimmer ziehen konnte, ohne mich zu belästigen, außerdem war ja mein Cäsar bei mir, der meine Habseligkeiten beschützte. Die übliche, letzte Frage: Was kostet die Bude? Diese burschikose Ausdrucksweise hatte sichtbar keinen guten Eindruck gemacht, aber der Preis war erträglich, neun Mark mit Frühstück per Woche. Ich erlaubte mir die Frage, was das Zimmer ohne Frühstück koste, ich sei nicht gewohnt zu frühstücken, das widerspräche meinen Kuranordnungen.

Das wollte den Leutchen gar nicht einleuchten, denn der Frühstückskaffee mit dem vorzüglichen Kissingergebäck war ja in Kissingen wie in Karlsbad und in allen anderen Bädern die Hauptsache. Heute verstehe ich ganz gut, wenn die Leutchen bemerkten: »Das haben wir noch von keinen Kurgast in Kissingen gehört«, und sie versicherten übereinstimmend, daß sie ohne Frühstück nicht vermieten könnten.

Ich vereinbarte, daß ich bis um 5 Uhr Bescheid geben würde; wenn ich nicht käme, so dürften sie ruhig das Zimmer vermieten. Sie sagten mir zu, das Zimmer bis 5 Uhr zu reservieren, und wir stiegen die Hühnerstiege wieder hinunter; aber, o Schrecken, im Hausgang stand mein Cäsar.

»Gehört der Hund Ihnen?«

»Selbstverständlich!«

»Soll der auch da wohnen?«

»Ach, der ist wie ein Lamm.«

Aber die Partie war verloren, besonders die Alte entwickelte plötzlich eine Beredsamkeit sondergleichen, sie könne sich keinen Dreck ins Haus tragen lassen. Sie hatte für Lämmer kein Verständnis. Das Geschäft ging daneben.

Ich war etwas niedergeschlagen, als ich, am äußeren Ende von Kissingen stehend, vollständig obdachlos, begleitet von meinem treuen Cäsar, die Erfolge meiner Expedition zusammenfaßte. Jenseits dieses Häuschens waren Felder und Wiesen. Was nun? In der Erkenntnis einer gewissen Gesetzmäßigkeit zog es mir durch den Kopf, jenseits der Berge wohnen auch noch Menschen, je weiter draußen, um so billiger. Da gibt es ja auch noch Ortschaften. Für deinen Kurerfolg ist es doch viel besser, wenn du möglichst weit draußen wohnst und jeden Tag früh und abends einen Spaziergang durch die frische Luft machst. Ich ging in die Stadt zurück.

Am Schaufenster eines Buchhändlerladens war eine Karte von Kissingen und Umgebung ausgehängt. Hier machte ich gebührenfrei meine Studien, und so entdeckte ich jenseits der Saale das Bierdorf Garritz.

Unternehmermut beflügelte meine Schritte. In ¼ Stunde war ich in Garritz, mitten im Dorf, links ein großer Dorfweiher, rechts eine Wirtschaft namens Buscham. Flott hinein. Wenn ich mich recht erinnere, empfing mich eine Tochter vom Haus, jedenfalls war es ein Mädchen, das meine Billigung fand.

Mein Cäsar bewedelte sie, er war Menschenkenner. Um dem Frage- und Antwortspiel zu entgehen, bekannte ich der Jungfrau sofort meine ganzen Lebensumstände, Student, Begleitung Hund, ohne Frühstück, von den ärztlichen Anordnungen sagte ich nichts. Ich sprach auch nicht davon, daß ich zum Kuraufenthalt da sei, das schien mir in Garritz und angesichts der freundlichen Aufnahme unnötig.

»Sie werden des Tags über sehr wenig zu Hause sein?«

»Sehr richtig!« bemerkte ich. »Führt mich die Treppe hinauf.« »Zimmer rückwärts, 80 Pfennig die Nacht.« Bescheidener Einwand: »Haben Sie nicht noch ein Zimmer höher?« »Ja, in der Dachkammer, 40 Pfennig die Nacht.« »Bitte, zeigen Sie mir das Zimmer; ich schlafe sehr gerne hoch.« Sie lächelte mehr wie verständnisinnig. Es war kein Zimmer, nur eine Kammer, aber ein Bett war da und unmittelbar über mir das Dach, denn diese Kammer war am Dachboden eingebaut. Mit wahrer Wonne entdeckte mein Auge lange Schnüre mit Dörrobst, luftgetrocknet, nach fränkischer Sitte. Alles für 40 Pfennig und Trinkgeld für Stiefelwichsen. Ich schloß den Handel ab nur mit der Abmachung, daß ich meine Stiefel selbst wichsen würde. Ich ergriff sofort Besitz von meinem neuen Heim. Cäsar war müde geworden, er rekelte sich am Boden aus. Ich machte Toilette, denn um 6 Uhr war Kurmusik. Ich mußte bereits am ersten Abend siegreich erscheinen.

Kleiderbürste, Schuhbürste, Wasser, neuer Kragen, und nunmehr als Clou für mein erstes Auftreten, das Neueste am Garderobeschaustück: linke äußere Brusttasche ein seidenes Fullah! Offen gesagt, es war nicht Seide, aber es glänzte wie Seide, es war das Futter aus meinem Strohhut, den ich mir um 1,20 Mark für meinen

Kuraufenthalt im Weltbad noch zu Hause beigelegt hatte. So erschien ich auf der Kurpromenade an der Saale, zu jener Zeit noch einfach, schlicht. Auch das Mitnehmen von Hunden war zu jener Zeit noch nicht so verpönt wie kurze Zeit später, wo ein bekannter Kissinger Badearzt jeden Hundebesitzer sportsmäßig zur Anzeige brachte, der mit einem Hunde auf der Kurpromenade erschien.

Es dauerte nicht lange, so traf ich einen Studienfreund, Gardemaß 1,93 Meter, wie ich. Mein Freund war ein Lehrersohn aus der Nachbarschaft, vorzüglicher Musiker und Sänger, wie sein Vater und seine Brüder alle. Wir zwei Siebenmonatskinder genügten, um Eindruck zu schinden. Mehr noch war es unser Cäsar, der uns manchen Blick eintrug; ich meinte natürlich, es wäre mein seidenes Fullah.

Cäsar konnte Wache stehen, apportieren, ins Wasser gehen. Das Saaleufer, hart an der Promenade, war durch einen Drahtzaun abgeschlossen, von da ging es 2½ Meter die Böschung hinunter. Für meinen Cäsar eine Kleinigkeit. Ich warf meinen Stock ins Wasser, Cäsar setzte über das Hindernis und fand sofort den Weg außen herum, um mir nach zwei Minuten den Stock zu Füßen zu legen.

So kam die erste Nacht. Ich träumte von Sieg, Eroberung, Heldenhaftigkeit, ein Himmel voller Baßgeigen. Am anderen Morgen eigenhändig Schuh wichsen, Abzug ohne Frühstück zur Frühpromenade. Vorher ein Griff in die Luft, Dörrobst... Während ich meine Schuhe wichste, requirierte Cäsar. Ich konnte leider seinem Beispiel nicht folgen. Er fand in der Küche offenbar gute Ausbeute. Er war alsbald sehr beliebt. Majestätischen Schrittes zogen wir zur Promenade. Die Musik spielte lustige Weisen. Neuester Clou: ich ließ Cäsar nach dem Takt über den Stock springen, höher und höher. Der Erfolg war riesenhaft. Als Erste näherte sich eine zarte Gestalt, seidenen Matinee, Promenadekleid, und gab meinem Cäsar ein Biskuit. Sie war aber sehr erstaunt, daß mein Cäsar es nicht annahm. Das hatte aber ein gutes Bewandtnis. Er war darauf dressiert, bei einem gewissen Zeichen nichts zu nehmen.

Das Dämchen sprach mich französisch an, warum der Hund es nicht nehme, worauf ich ihr hoheitsvoll entgegnete, daß er ohne meine Erlaubnis von niemand etwas nehme.

Ich garnierte meine Rede mit sehr feinen Phrasen, so daß auch endlich ich Beachtung fand. Ein kleines Zeichen, Cäsar nahm das Biskuit. Es entspann sich eine Unterhaltung, die Dame war aus Kairo. Ich ließ auf ihren Wunsch Cäsar apportieren. Ich gewann durch Cäsar eine zweite, dritte und vierte Bekanntschaft, und ich mußte mit meinem frühstücklosen Magen zusehen, wie Cäsar, die Schandbestie, mit Biskuit und sonstigen guten Dingen gefüttert wurde. So wiederholte sich das Spiel Tag für Tag, früh, abends. Schon zur Morgenpromenade kam mein Freund. Ich hatte eine Feldflasche, füllte mir dieselbe unentgeltlich mit Maxbrunnen, kaufte mir um drei Pfennig ein Brot und ließ mich durch meinen ortsbekannten Freund zu einer Einkehrwirtschaft vor dem Städtchen führen. Wir setzten uns in den Garten. Ich kaufte mir um 5 Pfennig einen Schoppen Apfelwein und bereitete mir mit meinem Maxbrunnen ein Schorlemorle. Erster Genuß vom Tage, Aufwand 8 Pfennig. Da wir uns zu den besseren Honoratioren rechnen durften, gingen wir bisweilen in das Nebenzimmer; behagliche Stimmung. Mein Freund zupfte die Guitarre, und wir sangen zweistimmig. Auch hier hatten wir bald wieder Publikum. Den Stamm bildeten die Töchter des Hauses. Mittagtisch in einer Brauerei, billige Gelegenheit, Etat 60 Pfennig, alles auf 14 Tage eingestellt.

So könnte ich noch lange erzählen, es waren schon fast drei Wochen vergangen, und ich war immer noch in Garritz-Kissingen. Nach Tisch hatte ich täglich mit bekannten Würzburger Bürgern auf einem Bier- und Kaffeekeller (Sukfüll) Treffpunkt, und wir machten jeden Mittag unser Spielchen. Das verlängerte meinen Etat, und am 19. Tage Weltbadaufenthalt, angetreten in Begleitung meines Cäsar mit 20 Mark in der Tasche, hatte ich immer noch 6,80 Mark.

Als ich am zwanzigsten Tage morgens gerade eben meine Stiefel wichste und mein seidenes Fullah in neue Falten legte, da es den Schädigungen der Witterung nie recht lange standhielt, hörte ich ein furchtbares Gänsegeschnatter, untermischt mit kreischenden Weiber- und Kinderstimmen. Mir wurde angst und bange, mir schwante etwas.

Ein Sprung auf die Straße, und richtig, stolz durchschnitt mein Cäsar die Fluten des gegenüberliegenden Dorfweihers mit einer Gans im Maul. Ein Schauer durchrieselte mich, ein Pfiff, ein Ruf,

Cäsar herein, und die Gans lag zu meinen Füßen. Im selben Augenblick war ich von Weibern, Kindern und schließlich auch Männern umzingelt, und alle gaben sie einer Frau recht, der Besitzerin der Gans. *Es war die beste Gans im ganzen Dorf*, die mein Cäsar, dieses Schandvieh, herausgesucht hatte, und der Preis hiefür konnte mit den üblichen Preisen nicht gemessen werden. 6 Mark verlangte die Frau.

Ich setzte mich auf das äußerste zur Wehr, anerkannte die Zahlungspflicht und spielte mich als Gänsesachverständiger erster Güte auf, untersuchte die Gans, hob sie in die Höhe, um ihr Gewicht festzustellen und erklärte, es sei eine ganz junge Gans, von einer Leggans könne keine Rede sein, und ich wäre nicht gesonnen, 6 Mark zu zahlen. Da kam der blonde Engel meiner Herberge. Sie sprach den Leuten zu, und schließlich erhoben sich auch noch andere Stimmen und fanden die Gans mit 3 Mark glänzend bezahlt. Ich erlegte den Betrag und bemerkte, daß die Gans auch mir gehöre. Ein neuer Sturm, das Weib wollte gewaltsam die Gans an sich reißen. Da hatte sie aber mit meinem Cäsar nicht gerechnet. Im nächsten Augenblick hatte er sie wieder in der Schnauze.

Es bildeten sich zwei Parteien, aber die Gerechtigkeit siegte. Die Gans blieb mir, und so endete mein erster Aufenthalt im Weltbad, in dem herrlichen, lieblichen Saalestädtchen Kissingen.

Ich machte die Rechnung mit dem Wirt, zahlte noch meine sechs Tage Nachtquartier, und was mir verblieb, waren noch 20 Pfennige. Selbst bei meinem Wagemut erschien mir ein weiterer Aufenthalt im Weltbad mit 20 Pfennig doch eine gewagte Sache. Ich schnürte mein Bündel, befestigte meine Gans an einer Schnur, trug sie sichtbar über der Achsel und ging nun mit meinem Cäsar querfeldein der Heimat zu.

Da fiel mir ein Dorf ein, wo ein Jugendfreund als Schulverweser Gastrollen gab. Ich besuchte ihn, er war ledig, ich traf ihn zu Hause, er war sehr niedergeschlagen, es waren die letzten zwanzig Tage vom Monat, er hatte Luft. Meine heuchlerische Versicherung, daß ich ihn schon lange besuchen wollte, und daß ich ihm eine Gans mitgebracht hätte, machte ihn frohen Mutes. Seine Hausfrau bereitete uns den Vogel zu. Durch ausgiebige Beigabe von Kartoffeln und Gemüse wurden wir annähernd satt. Morgens noch im kühlen

Wasser, abends im Magen der schlemmenden Prasser. Vornehm, wie ich einmal war, hinterließ ich das Gansjung meinem Freund. Am anderen Morgen trat ich auf Schusters Rappen den Heimweg an, unterwegs noch einmal bei einer verheirateten Schwester Station machend.

Als ich abends in heiterer Gesellschaft die Geschichte von meinem ersten Weltbad-Aufenthalt erzählte, schüttelte sich die ganze Gesellschaft vor Lachen.

Es war in Bad Kissingen im Mai 1923. In heiterer Gesellschaft, Männer. die während des Weltkrieges sich einen unsterblichen Namen gemacht haben, Literaten und Künstler . . . Da forderten mich meine Freunde auf, die Geschichte von meinem ersten Badeaufenthalt in Kissingen zu erzählen. Ich hatte es nicht leicht, denn es war noch ein anderer, vorzüglicher Erzähler unter uns, Graf Luckner, der verwegene Seepirat, der Kommandant des Seeadlers. Heute löse ich mein Versprechen ein, das ich an diesem Abend gegeben habe, die Geschichte von meinem ersten Aufenthalt im Weltbad zu veröffentlichen.

Das Mittel gegen kalte Füße

Es kann hier nicht die Rede sein von den gewöhnlich angewandten Mitteln gegen kalte Füße, als da sind kalte Fußbäder, Einlagen von Kork- oder Papiersohlen in die Schuhe oder Kaltwassertreten nach Kneipp mit darauffolgender Bewegung. Wollte ich alle diese Mittel aufzählen, die gegen diese Art von kalten Füßen im Leben zur Anwendung kommen, so könnte ich reichlich Zeilen schinden. Aber es handelt sich hier um eine ganz andere Art von kalten Füßen. Dagegen gibt es nicht viele, sondern nur ein einziges Mittel.

Unter kalten Füßen, von denen hier die Rede sein soll, versteht man einen vollständigen Mangel an allem, was zu des Lebens Notdurft gehört, nämlich Speise und Trank. In der Sprache der wandernden Gesellen wird dieser Zustand von dem Leidenden mit dem Satz zum Ausdruck gebracht:

»Ich habe kalte Füße.«

Aber nicht nur Handwerksburschen haben kalte Füße, auch bei Studenten soll das öfter vorkommen. In dieser Beziehung hat sich gegenüber der Zeit, von der ich spreche, nichts geändert.

Alle erhofften Einnahmen und Geldempfänge blieben ans. Es war, als ob sich alles verschworen hätte. An einem Sonntagabend hatte ich noch 15 Pfennig in der Tasche, hinreichend, um beim benachbarten Wirt im Universitätsviertel Kuttelfleck mit Knödeln und ein Hausbrot zu kaufen. Aber am Montag waren alle Quellen versiegt, und da Ferien waren und kein Freund da war, bei dem ich einen Pump aufnehmen konnte, so war der Montag ein kompletter Fasttag. Der erste Tag wurde gut überstanden. Aber am zweiten Tag überzeugte ich mich davon, daß ich zum Fastenkünstler nicht die geringste Anlage hatte. Um meine Reservekalorien möglichst zu sparen, blieb ich am Dienstag im Bett liegen. Ich wohnte bei einem Handwerkergesellen, braven Leuten. Ich habe viele Abende bei ihnen im Küchenzimmer zugebracht und mit den Leuten gemütlich geplaudert, und ich kann versichern, das Geplauder war oft interessanter und inhaltreicher wie in manchem Salon.

Als an diesem schwarzen Montag meine Hausfrau zum spätesten üblichen Termin, nämlich kurz vor 12 Uhr, mein Bett machen wollte, fand sie die Stube zugeriegelt. Sie stand von ihrem Vorhaben ab.

Es kam der Dienstag. Mein Hausherr arbeitete ganz in der Nähe. Es kam öfter vor, daß er in der Vesperpause früh 9 Uhr auf einen Sprung nach Hause kam. Da klopfte er an meine Tür und rief mich bei meinem Namen. »Was ist los?« Antwort aus dem Bette: »Meister,« so pflegte ich meinen Hausherrn anzureden, »mir ist nicht gut,« worauf dieser mit einem hörbaren »So, so!« sich wieder entfernte. Es dauerte aber kaum eine Viertelstunde, dann klopfte es wieder. Ich wurde wieder bei meinem Namen gerufen. Es war wieder mein Hausherr. »Ich habe Ihnen eine Medizin vor die Türe gestellt.«

Eine kleine Anstandspause . . . ich erhebe mich, riegle leise auf und schaue neugierig durch den Türspalt. Da sah ich auf der Schwelle einen mir wohlbekannten Hafen stehen, in dem mir meine Hausfrau in guten Tagen meine Weißwürste zu holen pflegte. Neben dem Hafen lag ein Zwanzigpfennigkipf. Daß der Hafen nicht leer war, brauche ich nicht zu versichern. Es schwammen in ihm ein halbes Dutzend der bekannten echten Münchener Weißwürste. Das war die richtige Medizin.

Der Beschämung wich im Augenblick eine tolle Heiterkeit. Ich lachte gerade hinaus und rief meinen Hausherrn beim Namen. Aber der war schon verschwunden.

Die Leutchen gehören in meinem Erinnerungskreis noch zu den Menschen, deren ich mich nur mit Dankbarkeit erinnere. Unter den kleinen Bürgern und kleinen Beamten Münchens, die an Studenten vermieteten, habe ich und andere manche solche gute Seelen kennen gelernt, und sie sind bis auf den heutigen Tag nicht ausgestorben.

*

Ein andermal bin ich der Gefahr kalter Füße durch einen merkwürdigen Zufall entgangen. Als ich zum Mittagessen zum Augustiner ging, hatte ich noch einen Taler in der Tasche und die Gewißheit, daß bis zum nächsten Geldempfang vier Tage vergehen würden. Da hieß es einteilen. In meinem Budget wurde verschiedenes gestrichen. Die Zigarre, das Kaffeehaus und die Kronfleischküche. Mein Mittagessen kostete 40 Pfennig mit Dreipfennighausbrot. Da gingen noch Studenten, Künstler und Kaufleute in die Küche des Augustiner, und die wohlbeleibte Zenzi stand hinter ihrem grünen Küchentisch und legte einem auf den vom Gaste selbst herbeigeholten Teller einen Lappen Fleisch und die Zuspeise auf. Und das ging fix. Damit zog man dann ab und setzte sich in den Gang oder Affenkasten, wo gerade Platz war. Ich reichte der Zenzi meinen Taler, und die kleine Münze, die ich zurückbekam, versenkte ich in meiner Hosentasche. Der Weg zur Hölle ist bekanntlich mit guten Vorsätzen gepflastert. Als ich an meinem Stammkaffeehaus vorüber ging, wohin mich meine Füße unwillkürlich geführt hatten, entschloß ich mich trotz aller Sparsamkeitsbeschlüsse, meine übliche Tasse Kaffee zu trinken und einen Kaiserterdl zu spielen. Ich hatte Glück. Ich habe im Terdl meinen Kaffee gewonnen. Die einzige Ausgabe, die ich machte, war eine Zigarre. Da entdeckte ich in meiner Tasche unter den Münzen, die ich herausholen wollte, ein großes Geldstück. Ich traute meinen Augen nicht. Es war ein Taler. Ich zählte nach. Richtig! Die Zenzi hatte mir auf 5 Mark herausgegeben. Es waren dortmals noch Taler im Kurs, die größer waren wie die Preußentaler. Ich weiß jetzt nicht mehr, waren es sächsische Taler oder österreichische. In der Eile hatte die Zenzi einen solchen Taler für ein Fünfmarkstück gehalten. Drei Tage ging ich nicht mehr zur Zenzi, sondern in die Kronfleischküche. Ich konnte es nicht über mich bringen, ihr unter die Augen zu treten. Als dann die kritischen Tage vorüber waren und ich wieder Geld im Beutel hatte, ging ich zur Zenzi, gab ihr die 2 Mark zurück und erklärte ihr ihren Irrtum. Sie schaute mich so an, als ob sie sich den Mann merken wolle. Und es war so. Obwohl Hunderte jeden Tag zu ihr kamen, konnte es ihr nicht schwer fallen, mich künftig immer wieder zu erkennen.

Von der Stunde an hat die gute, dicke Zenzi mir immer eine Extraportion gegeben. Nicht nur Wohltun trägt Zinsen, sondern auch Ehrlichsein. Zenzi war, wie man sagt, ein gut's Leut. Ich segne noch heute ihr Andenken.

Der erste Presseangriff

Wenn es wirklich eine üble Angewohnheit ist, während des Essens zu lesen, so war mein guter Vater wenigstens teilweise von diesem Fehler nicht ganz frei. Punkt 12 Uhr geht es nach früherem bürgerlichen Brauche zu Tisch. Kurz vor 12 Uhr erschien auch der Moniteur meiner Heimatstadt, und der langjährige Redakteur war der beste Freund meines Vaters.

So saßen wir wieder einmal bei Tisch. Der Vater las seine Zeitung zwischen Suppe und Hauptgericht. Das vollzog sich sonst sehr ruhig. Heute aber mußte was ganz Besonderes vorliegen. Denn die Bemerkung »Unerhört, unglaublich, Lausbubereien, denen wollen wir kommen!« waren die Kommentare zu seiner heutigen Lektüre, so daß meine Mutter den Vater fragte, was denn los sei. So erfuhren wir es alle.

Meine Heimatstadt, die an einer sehr belebten Verkehrsstraße von Bayern nach Frankfurt und dem Westen liegt, hat zu jener Zeit viel unter der Handwerksburschenplage gelitten. Es wurde deswegen ein Verein zur Unterstützung der Wandergesellen gegründet, andererseits aber, um den Hausbettel zu bekämpfen, an jeder Haustüre ein Schildchen angebracht: »Verein gegen Hausbettel; Bettlern wird nichts gegeben.«

Es war ein wunderschöner Sommermonat und ein noch schönerer Sommerabend, an dem auf einem Bierkeller neben der Stadt ein Dutzend junger Studenten sich ein Stelldichein gegeben hatten. Ruhig hinter dem Maßkrug zu sitzen, ist gerade nicht der Studenten Art. Die Jugend will sich betätigen. Und wie es mal so gegen die Mitternachtsstunde ging und der Keller sich leerte, wurden die Köpfe zusammengesteckt und beraten, was man denn noch an diesem Abend zum Wohl der Menschheit und zum Ärgernis gewisser Mitmenschen unternehmen könne. Verschiedene Vorschläge wurden gemacht. Auch einer von mir war dabei. Ich blieb Sieger mit meinem Vorschlag. Die Türschilder des Vereins gegen den Hausbettel sollten zum Opfer fallen.

Wir verteilten uns in verschiedene Kolonnen zu je zwei Mann, einer, der das Schild abmachte, und einer, der Schmiere stand, und so gingen wir ans Werk. Jede Kolonne hatte ihre bestimmte Straße, und am Ende trafen wir uns verabredungsgemäß an einem entlegenen Ort, um den Erfolg der Expedition festzustellen. Die Sache klappte vorzüglich. Früh morgens um 2 Uhr wurden über 400 Schilder als Beute eingeliefert.

Und nunmehr zurück an den Familientisch. Die entrüsteten Ausrufe meines Vaters veranlaßten meine Mutter zu der Frage: »Was gibt's denn?« »Denk' dir, was heute nacht passiert ist! Die Schilder vom Verein gegen Hausbettel wurden heute nacht von fast allen Haustüren heruntergerissen! Denk' dir diese Lausbuberei!« Der Vater las den Artikel vor, der mit dem Satze schloß, daß dieser Lausbuberei eine exemplarische Strafe auf dem Fuße folgen müsse; man sei den Tätern bereits auf der Spur.

Jetzt wurde es mir doch etwas schwummerig. In diesem Augenblick öffnete sich unsere Stubentür und ein Kopf mit einer Dienstmütze streckte sich herein und verkündete: »Herr Rat (Stadtrat), heute mittag 3 Uhr ist auf dem Rathaus eine Besprechung wegen der Vorkommnisse dieser Nacht. Maßnahmen sollen ergriffen werden, ein Preis für Ergreifung der Täter soll beschlossen werden.«

Mein Herz sank tiefer und tiefer. Der dieses zur Stube hereingerufen hatte, Herr Ratsdiener Igel, war ein Altbayer von Geburt und hatte, trotz der Jahrzehnte, die er in meiner fränkischen Heimatstadt verbrachte, noch den unverfälschten Heimatdialekt.

Die Einladung zu der Sitzung fand die volle Zustimmung meines Vaters und brachte neuerdings den Stein seiner Entrüstung ins Rollen. »*Da fehlt es weniger bei den Buben als bei den Eltern;* da gehören die Eltern mehr gestraft als die Buben!« Armer Vater!

Nunmehr war mein Herz aber endgültig auf dem tiefsten Punkte seiner sprichwörtlichen Senkungsfähigkeit angelangt. Aber der dornenvolle Weg war noch nicht zu Ende gegangen. Nach Tisch sagte mein Vater, du gehst gleich mit mir, ich werde dir einen Artikel diktieren, man muß einmal den Eltern zu Gemüte reden. Und da diktierte mir mein Vater für die heimatliche Zeitung eine Epistel an die Eltern dieser Taugenichtse. Mir wurde es angst und bange, mein Herz ging der Auflösung entgegen. Ich schrieb den Artikel, mein Vater steckte ihn in die Tasche, um zu seinem Freunde, dem Redakteur, zu gehen, und zu der auf 3 Uhr angesagten Sitzung.

Kaum war der Vater aus dem Hause, verschwand ich ebenfalls und suchte möglichst unauffällig einige meiner Spießgesellen der heutigen Nacht zu treffen. Es war ihnen allen nicht einerlei. Wir hatten dortmals einen jovialen, trinkfesten, burschikosen Bürgermeister; er mußte uns helfen. In nicht gewohnter Besuchsstunde, noch abends nach 6 Uhr, suchten wir ihn in seiner Wohnung auf, drei Mann hoch.

»Aha, hab' ich es mir doch gedacht, da sind sie ja« – eine merkwürdige Begrüßung. Ehe wir ein Wort sprechen konnten, war er sich über die Lage auf dem Kriegsschauplatze vollständig klar, und er hatte ein Einsehen . . .

Fünfzehn Jahre später, als junger Landtagsabgeordneter, saß ich mit ihm und einigen Landsleuten im Ratskeller in München um die gleiche verhängnisvolle Stunde beisammen, in der seinerzeit das Verbrechen ausgeübt wurde. Ich hatte die Sache vergessen, aber der Bürgermeister (Dr. Medikus), ein gut geeichter Herr, um so weniger, und erzählte meine Schandtat, und wie ich zum erstenmal Gegenstand von Presseangriffen war. Es waren feuchtfröhliche, unvergeßliche Stunden, um so mehr, als dann auch er von seinen Jugendstreichen erzählte. Am andern Tag nach diesem bösen Streich erschien in meiner heimatlichen Zeitung ein Eingesandt, nicht das meines Vaters, aber ein anderes. Man sollte doch solche Dinge nicht gleich so aufbauschen, das sei halt ein Studentenstreich gewesen, im übrigen wäre der Hauptschaden schon abgewendet, die Schildchen hätten sich wieder gefunden. Das war das erste Mal, daß ich Gegenstand einer Pressekampagne war . . . aber nicht das letzte Mal!

Wie ich Wettermacher war . . .

Ich hatte einen Kalender herauszugeben. Er erschien im ersten Jahrgang; ich war der Redakteur. Jeder Anfang ist schwer. Alles Mögliche ist bei jeder Kleinigkeit zu beachten, und jede Sache will gelernt sein, auch das Kalendermachen.

Ein Kalender muß mindestens ein halbes Jahr vor dem 1. Januar des Jahres, für das er geschrieben ist, fertig sein - von wegen der Konkurrenz. Es war schon Ende Juni, und unser Kalender war noch nicht fertig. Man stößt das erste Mal, wie bei jeder Sache, auf alle möglichen Schwierigkeiten, die man vorher nicht einschätzt und nicht überblickt.

Endlich war ich mit meinem Teil als Redakteur fertig, aber da gab es eine unangenehme Verzögerung. Das Verzeichnis der Märkte und Viehmärkte, das als Anhang für den Kalender unentbehrlich war, wurde um vierzehn Tage zu spät geliefert, aber endlich kam auch hiefür die Erlösungsstunde; das Verzeichnis kam.

Ich war eben im Begriff, eine Reise anzutreten und stand schon mit meinem Reisegepäck unter der Türe. Da werde ich zurück ins Hans gerufen: Dringendes Telephongespräch. Der Kalenderdrucker war am Telephon. Ja, Donnerwetter, was ist denn los? Ich habe geglaubt, es wäre alles in Ordnung!

Hilft alles nichts, ich muß Sie darauf aufmerksam machen: ein wichtiger Teil fehlt noch, und ich habe kein Manuskript dafür. Wir brauchen unbedingt einen hundertjährigen Kalender, und ich weiß nicht, wo man einen solchen bekommt.

Potz, Blitz und Donner und Doria, wegen des hundertjährigen Kalenders bleibe ich nicht zu Hause, ich muß eben verreisen, aber Sie haben in achtundvierzig Stunden einen hundertjährigen Kalender. Und nun fabrizierte ich unterwegs im Eisenbahnwagen, in Gottes Namen, einen hundertjährigen Kalender. Vollmond, Neumond und sonstige Veränderungen an dem großen Dach, das diese sündige Menschheit überspannt, bildeten die Unterlagen für meine Konstruktion.

Zu jener Zeit war der berühmteste Wettermacher Falb, heute haben wir den Pfarrer Schmucker. Nach zwei Stunden war der hundertjährige Kalender fertig, und in Leipzig habe ich ihn als Eilbrief in den Briefkasten geworfen; nach vierundzwanzig Stunden war er an Ort und Stelle.

Im Jahre darauf war ich gewitzigt, da habe ich die Bezugsquelle für hundertjährige Kalender erkundet, und schon im Juni konnte er mit dem Hauptbündel der Manuskripte in Satz gegeben werden, und so vergingen zwei Jahre seit jenem ersten Erlebnis.

Zwei Jahrgänge Kalender waren erschienen, der erste Jahrgang mit meinem hundertjährigen Kalender, der zweite Jahrgang mit dem fachmännischen. Ich hatte doch ein schlechtes Gewissen und sah mit Bangen jeden Tag gewissenhaft in meinen hundertjährigen Kalender und stellte die Vergleiche mit der wirklichen Witterung an. Die Sache hatte ebensogut geklappt wie bei anderen. Fünfzigmal hatte ich mindestens recht - und wenn es nicht gerade im Bezirksamt Rosenheim regnete, dann hat es doch mindestens im Bezirksamt Traunstein geregnet. Ja, die Sache kam noch viel besser. Im dritten Jahr bekam die Redaktion Zuschriften aus dem Leserkreis. Als mir die Briefe vorgelegt wurden und ich las Stichwort »Hundertjähriger Kalender«, ist mir etwas blümerant geworden vor den Augen. Die Sätze, auf die es in dem Briefe ankam, waren unterstrichen. Ich wagte schnell einen Blick auf die angestrichenen Stellen. Mein Erstaunen war grenzenlos. Die Zuschriften konstatierten übereinstimmend, daß im ersten Jahrgang der hundertjährige Kalender viel besser gewesen sei wie im zweiten. Ich hatte einen namenlosen Respekt vor mir und war fast verführt, das Wettermachen als Beruf zu ergreifen.

Zum Glück siegen beim Menschen nicht immer die ersten Anwandlungen, und so habe ich meinen Beruf nicht geändert, und im dritten und vierten Jahrgang erschien wieder der fachmännische »Hundertjährige Kalender«.

Mein erster und letzter Zollschmuggel

Dieses Stück Geschichte aus meinem Leben, das ich jetzt erzähle, ist, wie so manches der vorhergehenden, ein Bekenntnis. Stünde ich noch im politischen Leben, so würde ich es nicht öffentlich ablegen. Denn ein selbstverständlich ganz ehrlich gemeinter und berechtigter Entrüstungssturm würde auf mich niederprasseln, und bei jedem Wahlkampf würde ich als Schmuggler übelster Sorte meinen Wählern vorgestellt werden.

Pharisäer bitte ich daher, diese Geschichte nicht zu lesen, und ich bemerke, daß sie verbrochen wurde in einem Alter, wo ich noch nicht das wahlfähige Alter zum Abgeordneten hatte, und jedenfalls möchte ich bemerken, daß heute schon dreißig Jahre vorüber sind, so daß für alle Fälle Verjährung eingetreten ist. Und schließlich bitte ich jeden Leser, an die eigene Brust zu klopfen, einschließlich der Pharisäer, ob nicht auch sie einmal beim Überschreiten der Grenze den Zollbehörden ein Schnippchen geschlagen haben. Besonders bei meinen Geschlechtsgenossen erinnere ich nur an Rauchwaren, und um viel mehr dem Werte nach hat sich's bei dieser meiner Zolldefraude nicht gedreht.

Wir waren in Salò am Gardasee. Von da geht eine elektrische Bahn in die Berge hinein. Nach kurzer Fahrt landeten wir in einer ganz einsamen Alpenstation, und von da aus ging unsere Wanderung in eines jener engen Täler, wo eben die Elektrizität siegreich eingezogen war. Das Ziel unseres Ausfluges war eine große Seidenfabrik. Nach längerem Verhandeln gelang es uns. Der Eintritt wurde uns nicht leicht gemacht. Da wir aber beide Doktoren waren, also keine Konkurrenten, ließ man uns schließlich den Betrieb besichtigen. Am Ende des Rundgangs stellten wir die bescheidene Frage, ob wir nicht etwas an Fertigfabrikaten bekommen könnten. Dem standen aber die Geschäftsgrundsätze im Wege. An Private wird nichts abgegeben. Schließlich aber war der liebenswürdige Italiener so gütig, uns einige Schnittmuster anzubieten, wie sie zum Versand an ihre Kundschaften für ihre Reisenden von den großen Stücken abgeschnitten werden, gerade hinreichend für eine Bluse. Ich kaufte einfarbige und zwei dortmals gerade modern gewordene Stücke. Im ganzen jeder sechs Stück. Das Ganze gab ein verhältnismäßig kleines Paketchen. Mein Freund warf sofort die Frage auf wegen der Verzollung. Er teilte mir dies sein Bedenken mit. Der nicht deutsch verstehende Italiener begriff unsere Unterhaltung nicht.

Mein Freund kaufte nur zwei Blusen. Wir traten alsdann den Heimweg an. Noch in der Fabrik beschäftigte sich mein sehr sparsamer Freund, heute ein Arzt von Ruf, mit der Frage, was so ein Blusenabschnitt wohl Zoll kosten würde. Die Unterhaltung hierüber war mir sehr unsympathisch. Aber auf seinen Wunsch unterbreitete ich dem Fabrikleiter die Frage wegen der Verzollung. Er erklärte uns die zwei einzig möglichen Wege. Wenn wir ihm die Stücke überließen, würde er sie uns packen und direkt nach Deutschland schicken. Dort würden sie uns durch die Zollbehörde ausgehändigt. Der Zoll würde direkt, und zwar nur einmal, erlegt. Wenn wir aber aus Italien nach Österreich einfahren würden und von da nach Deutschland, würden wir wohl die Seide zweimal verzollen müssen, einmal an Österreich und einmal an Deutschland. Mein guter Freund entschloß sich zu ersterem. Er gab dem Herrn seine Adresse und nach mehreren Wochen erhielt er dann eine Vorladung aufs nächste Zollamt zur Entgegennahme einer zollpflichtigen Sendung.

Ich steckte mein Paket ein. Mehrere Tage später fuhren wir den Gardasee nördlich und gingen in Riga ans Land und durch die österreichische Zollgrenze. Alle Gepäckstücke wurden dort verhältnismäßig streng durchsucht. Unser Reiseziel war Brixen, wo wir im »Elephanten« bei bekannter, vorzüglicher Verpflegung übernachteten. Wir schliefen in einem Zimmer. Er wollte von mir wissen, wo ich denn meine sechs Blusen gehabt hätte, und wie ich es angefangen hätte, sie unbemerkt über die Grenze zu bringen. Ich drehte mich auf die rechte Seite und antwortete ihm mit den bekannten tiefen Tönen, den Zeichen eines tiefen Schlafes. Zwei Tage später passierten wir die Zollgrenze bei Kufstein. Kurz vor München fragte mich mein Freund, wo ich denn diesmal meine Blusen gelassen hätte. Antwort: »Jetzt sind sie hier in meinem Koffer.« Damit zeigte ich ihm die sechs Blusen. Wie ich nochmals bemerke, ein verhältnismäßig kleines Paket. »Merkwürdig, vorhin hat doch in Kufstein der Beamte deinen Koffer sich öffnen lassen. Wo waren denn da die Blusen? Was hätte dir da passieren können, wenn du erwischt worden wärest?« »Wie,« sagte ich voll Erstaunen, »mir wäre überhaupt nichts passiert. Dir wäre etwas passiert, lieber Freund.« Er trug einen sogenannten Bratenrock. Ich griff ihm rückwärts in seinen linken Rockflügel und griff ein kleines Paket heraus. Ich hatte die Blusen geteilt in zwei Pakete zu je drei Stück, und nun erzählte ich ihm, wie ich sowohl vor dem Passieren der österreichischen Zollgrenze in Riva wie der deutschen in Kufstein jedesmal die beiden Pakete ihm in seine zwei Rockflügel praktiziert hätte. »Du wirst einsehen,« sagte ich ihm, »ich wäre nicht erwischt worden, aber du.« Heute kann ja mein Freund über die Geschichte lachen. Ich hab' die Geschichte schon oft in seiner Gegenwart erzählt. Aber Anno dazumal, als ich ihm die Geschichte zum erstenmal entdeckte, waren es keine Liebenswürdigkeiten, die über seine Lippen kamen. Also für die Pharisäer für alle Fälle: ich war unschuldig. Wie so oft im Leben.

»Der Extra«[1]

Es liegt hoch droben in den Bergen, weltabgeschieden, friedlich, jenes Dörfchen, in dem unser Pfarrer schon achtzehn Jahre in Frieden und Eintracht seines Amtes gewaltet hatte, bis auch ihm eines Tages ein Schatten über den Weg fiel. Wäre es nicht eine Bauerngeschichte, so würde ich sagen, daß sich auch an ihm das Wort des Dichters erfüllte: Des Lebens ungemischte Freude ward keinem Irdischen zuteil.

Achtzehn Jahre lang hatte er auf die Frage, wie es ihm in seiner Gemeinde gefalle, stets nur die Antwort: Ich bin zufrieden, ich habe keine Klage. – Es war eine Mettnacht, im neunzehnten Jahre seiner Tätigkeit in der Gemeinde, da hörte er um die zwölfte Stunde vor seinem Fenster einen Schuß fallen. Er fuhr in seinem Bette in die Höhe, die Störung war ihm nicht angenehm; denn wenn auch die Mette nicht um 12 Uhr nachts stattfand, so war doch der erste Gottesdienst morgens um 4 Uhr.

Er war kaum aus den Federn, so fiel Schuß auf Schuß. Haberfeldtreiben gab's in seiner Gegend nicht, also mußte etwas anderes los sein. Er war sich bald klar, es war die Jugend des Dorfes. Ein neuer Brauch: die Metten anschießen!

Er wollte den Feiertag nicht entheiligen und deshalb in der Predigt nichts sagen. Er wartete ein ganzes Jahr. Eindringlich schilderte er am letzten Adventsonntag das Unwürdige der Handlung, er drohte mit seinem Groll, er gab gute Worte. Die zwanzigste Mettnacht, seitdem er in dieser Gemeinde war, brach an. Mit dem ersten Schlag der zwölften Stunde ging ein Feuern an, daß es nur so eine Freude war . . . und so ging's wieder im nächsten Jahr trotz aller Ermahnungen; alles Zureden war umsonst . . . Jetzt erst extra!

So kam es, daß der so beliebte Pfarrer, erzürnt über die Bockbeinigkeit seiner störrischen Jugend, den Entschluß faßte, seinen Wirkungskreis aufzugeben. Als der neue Pfarrherr kam, um die Pfarrei einzusehen, erzählte er ihm seine Leidensgeschichte: wie zufrieden

---

[1] Diese Erzählung schrieb ich vor 20 Jahren nieder (Erzählung eines altbayerischen Gebirgskooperators). Jetzt finde ich – 20 Jahre später – eine ganz ähnliche in dem Bande »Tiroler Schwänke« von Schönherr (Sammlung Ullstein).

er erst gewesen sei, wie schließlich die Schießerei begann und wie alles Zureden umsonst gewesen sei. »Jetzt erst extra!« hätten die jungen Leute in ihrer Bösartigkeit als Parole ausgegeben. »Ja, den kenne ich,« meinte der künftige Pfarrherr, »das ist der Extra!«

Am vierten Adventsonntage warteten bereits die jungen Burschen darauf, daß der neue Pfarrherr auch eine »Schießpredigt« halte. Sie waren enttäuscht, kein Wort von dem! Schlag 12 Uhr in der Mettnacht ging ein Schießen los, daß es in den Bergen widerhallte und man meinen konnte, es wäre die Kanonade einer Schlacht. Wie alles ein Ende nimmt, so hat auch das Schießen ein Ende genommen. Noch gespannter war die junge Mannschaft des Ortes, ob der neue Hochwürdige anderen Tages beim Gottesdienste nicht etwas für sie übrig habe wie sein Vorgänger. Kein Wort kam über seine Lippen, er predigte angemessen dem hohen Feste. Als er die Kirche verließ, standen vor derselben alle die jungen Burschen des Ortes auf einem Haufen beisammen. Sie hatten offenbar den Pfarrherrn abgewartet. Zwar schauten sie etwas verdutzt darein, und sie wurden noch verblüffter, als der Pfarrer, freundlich lächelnd, auf sie zukam, ihre Schießkunst lobte und die Mitteilung machte, daß beim Bärenwirt um 4 Uhr nachmittags nach dem Abendgottesdienste ein Faßl Bier auf seine Rechnung aufgelegt werde. Welcher Jubel! Welche Lobreden auf den neuen Herrn! Welche guten Vorsätze für die nächste Christnacht: ein Schießen auf dem Lechfelde sollte ein wahrer Zungenschnalzer dagegen sein!

Wieder verging ein Jahr, die »Mandln« standen auf dem Felde, die Tage wurden kürzer, der erste Schnee fiel, man sang: Tauet Himmel, den Gerechten, und der Mettenabend kam heran. Wiederum schossen die Burschen wie »narret« Löcher in die Luft, sie ließen sich's etwas kosten, um dem Pfarrer eine Freude zu machen. Und wiederum am ersten Feiertag nach dem dritten Amt standen die Burschen vor der Kirchentüre versammelt und warteten auf den Herrn Pfarrer, der nicht so extra lang auf sich warten ließ. Endlich kam er. Selbstverständlich warteten die jungen Leute auf die Ankündigung von Freibier beim Bärenwirt. Aber der Herr Pfarrer grüßte sie freundlich, vom Extrabier hat er jedoch kein Sterbenswörtl gesagt.

Und wiederum verging ein Jahr. Die Saatzeit mit ihrer Arbeit, die Erntezeit mit ihren Tausenden von Schweißtropfen, der Herbst mit seiner Arbeit auf dem Stoppelfelde und auf den Wiesen ging vorüber, es fiel wieder der erste Schnee, und wieder war eine Mettennacht da, die dritte, welche der Pfarrer in der Pfarrei verlebte.

Wunderbarerweise fiel in dieser dritten Christnacht kein Schuß, und als am ersten Weihnachtsfeiertag der Pfarrer nach dem dritten Gottesdienst aus der Kirche ging, da sagten die Burschen laut, daß er es hören konnte: Fällt uns gar nicht ein, daß wir schießen und unser Geld ausgeben, wenn uns der Pfarrer kein Faßl Bier zahlt, grad extra net! Meinst du nicht auch, daß der Pfarrer seine Leute gut gekannt hat?

Der bekehrte Wildschütz

Eines Tages war in einem einsamen Gasthaus, nicht ferne von der Traun, »Bierletzt« (letzter Ausschank vom Sommerbier). Dazu waren die Herren des Gebirgsdörfleins auch eingeladen. Als abends alles gemütlich beisammen war, kommt die Kellnerin auf einmal eilends ins »Herrenzimmer« mit dem Rufe: »Herr Koprata, glei sollt's außakemma!« Er ging sofort, und vor der Türe stand ein Bursche mit dem Ersuchen: »Es sollt's glei auf den Berg in a Holzhütt'n aufi providieren geh'n; dort liegt der Wilderer Wastl schwer verwundet, von dem Jaga is er ang'schoss'n worden.« So gingen sie beide den langen anstrengenden Weg auf den hohen Berg bei Wind und Wetter, und der Bursche versah Ministrantendienste. Da lag in einfacher Holzhütte der Wilderer in gar argen Schmerzen; aber auch unter der Wilderer-Joppe schlägt noch ein mutiges Christenherz. Denn 's Wild ist frei, und das laßt sich auch der christlichste Wildschütz nicht nehmen. Nachdem Wastl versehen war und seine Gewissensruhe hergestellt, kam Mitleid mit dem jungen Geistlichen zum Ausbruch, weil dieser seinetwegen nachts so große Anstrengungen haben mußte. Der Kooperator beruhigte ihn; er habe gerne seine Pflicht erfüllt, und es freue ihn am allermeisten, wenn Wastl selbst jetzt einsehe, welch traurige Folgen für Seele und Leib das Wildern habe. Natürlich beteuerte Wastl, er sehe es wohl ein, und es reue ihn recht, aber es tue ihm auch ungemein weh, weil er dem »Herrn Kooperator« für seine Mühe nichts geben könne. Diese Reue und dies Mitleid halfen zusammen, das Herz des jungen Priesters zu rühren, und siehe da, der Kooperator fand seinen schönsten und größten Lohn darin, den »guten Wastl« als Wildschütz bekehrt zu haben, und mit dem seligen Gefühl nahm er Abschied.

»B'hüt dich Gott, Wastl, und halte deinen Vorsatz und geh nimmer zum Wildern!« »G'wiß, Herr Koprata, tausendmal Vergelt's Gott; wenn i Euch na grad a bißl ebbas geb'n hätt' kinna für Enka Müa! Dös tut ma in der Seel weh! Aber, Herr Koprata, darft's mer's g'wiß glab'n, wenn i wieder g'sund werd', vom ersten Gamsbock, den i schiaß, kriagt's Es de ›Kruk'n‹ (Gemsgewichtel)!«

Mein erster Waggon Kartoffeln

Alles nimmt einmal einen Anfang. Am besten sind oft jene Dinge, die einen bescheidenen Anfang nehmen, und was ich jetzt erzählen will, ist der sehr bescheidene Anfang von einer Sache, die sich großartig ausgewachsen hat. Was ich jetzt erzähle, ist schon 30 Jahre her.

Es war an einem Mittwochnachmittag, ich war dortmals Assistent an der Realschule in Wunsiedel im Fichtelgebirge. Mein äußerer Mensch hat an diesem Mittwochnachmittag allerdings weniger den Schulmeister verraten und hätte mehr auf einen Bauern oder Gutsverwalter schließen lassen, wenn nicht gewisse Anzeichen im »Gesicht« dieses unwahrscheinlich gemacht hätten. Ich hatte hohe Stiefeln an und eine Lodenjoppe, denn ich war schon drei Stunden querfeldein durch frischgefallenen Fichtelgebirgsschnee marschiert, als ich eben mit knapper Not noch auf der Station X. den Zug erreichte, mit dem ich wieder nach Hause kommen wollte. Es war ein Wagen 3. Klasse, ein sogenannter amerikanischer Durchgangswagen. Er war gut besetzt; Bauersleute, Geschäftsleute, Metzger und Viehhändler, die eben im Gäu waren, bildeten die Hauptkundschaft. Die Unterhaltung war sehr lebhaft. Ich hatte anfänglich auf niemand geachtet; ich war die letzten zwei Kilometer etwas gesprungen, hatte stark geschwitzt und brauchte einige Minuten, um mich zu erholen. Ich hätte vielleicht bis zu meiner Endstation alles verträumt, wenn ich nicht plötzlich sehr laut die Worte gehört hätte: »Das ist dir einmal ein Lump, der Waungsiegler« (Mundart für Wunsiedler). Das hat mich natürlich unwillkürlich auf die lebhafte Unterhaltung aufmerksam gemacht, denn mein Lokalpatriotismus hat sich gerührt, als ich von einem Wunsiedler Lumpen reden hörte. »Es sollen über 2000 Mark sein«, bemerkte ein Mann, dem man den Handelsmann auf weite Entfernung ansah. Jetzt war ich erst recht neugierig. Ich stehe auf und nähere mich der unterhaltenden Gruppe, indem ich mich behaglich mit dem Arme auf die Abteilungswand stütze.

»Die Waldershöfer waren von jeher die Dümmsten«, kam aus dem Munde eines Mannes, der ein Bauersmann zu sein schien. »Darum sagt man im Schaffkopf: Er spielt waldershöferisch, wenn der Gerufene die Rufaß selbst anspielt.«

Ein dritter meint: »Es ist wirklich wahr, es ist etwas daran.«

»Was ist denn passiert in Waldershof und Wunsiedel? Was gibt's denn da Neues?« Mit dieser Frage mische ich mich in die Unterhaltung ein. Man hat mich etwas fragend angeschaut; aber alsdann hat mir der Herr mit dem schwarzen Barte die Geschichte von dem Wunsiedler Doktor erzählt, welcher den Waldershöfern weiß gemacht habe, er könne ihnen für ihre Kartoffeln 60 Pfennig für den Zentner Mehrerlös verschaffen. Die Waldershöfer wären so dumm gewesen, hätten das geglaubt, hätten die Kartoffeln fortgeschickt, viele Waggons, und jetzt bekämen sie kein Geld; das ganze Kartoffelgeld sei verloren, und der Wunsiedler Professor hätte nichts, dem könne man nichts nehmen. Auf meine Frage, wie dieser Lump denn heiße, der die Bauern so betrogen hätte, hat er mir einen Namen mitgeteilt, der mir nicht ganz unbekannt war. Heim sollte der brave Mann heißen. »Das ist doch ein schlechter Kerl, wenn er so gehandelt hat«, bemerkte ich, und alle Mitreisenden waren mit mir vollständig einverstanden. Der Zug hält in diesem Augenblick in einer Nebenstation. Es steigt niemand aus, es schien auch, daß niemand einsteigen wollte. Da im letzten Augenblick sprang noch jemand auf das Trittbrett; es war einer, der infolge des Schnees auch langsamer gegangen war und sich verrechnet hatte, genau so wie ich vorher; doch er kam noch mit. Die Türe geht auf, und herein kam ein mir gut bekannter Bauer. Ich habe ihm sofort ein Zeichen gegeben, er möge mich nicht kennen, aber es war umsonst, er hatte mich schon mit den Worten begrüßt: »Grüß Gott, Herr Doktor, wie geht's Ihnen denn?«, und er hat sofort eine Unterhaltung mit mir angefangen. Jetzt hat mich die Gesellschaft etwas verblüfft angeschaut, und der Mann mit dem schwarzen Barte hat einige Zeit gebraucht, um die Frage hervorzubringen: »Sind Sie ein Doktor?« Aber die Antwort konnte ich nicht geben, denn mein eben eingestiegener guter Freund platzte heraus: »Na, kennst du den Dr. Heim nicht?« Au weh, diese langen Gesichter. »Eben bin ich im Begriffe, mit dem Kartoffelgelde von Waldershofen nach Amerika zu fahren, und jetzt müssen Sie mich so verraten, denn auf der nächsten Station werden mich die Leute sofort verhaften lassen«, bemerkte ich lachend. Jetzt hat es Entschuldigungen geregnet, jetzt wollte niemand etwas wissen. Der eine hat gemeint, da kann man sehen, was alles geredet wird. Der andere hat überhaupt nichts gesagt, und der Herr mit dem schwarzen Vollbart, der die ganze Geschichte erzählt hatte, wußte auf einmal nur so viel, daß ihm kürzlich gänzlich unbekannte Leute die Geschichte auf dem Bahnhofe oder im Wartesaale von Eger erzählt hätten.

Ich habe ihm bloß die Bemerkung gemacht: »Wer Sie sind, das weiß ich, das andere wird sich geben.« Mein guter Freund, der mich leider zu früh verraten hatte, ließ sich von jemand die ganze Geschichte erzählen, und der hat nun den Leuten noch eine Moralpredigt gehalten: »So seid Ihr, Leute; wenn von jemand was Schlechtes gesagt wird, gleich glaubt ihr es. Gegen die Lumpen sind die Bauern nie mißtrauisch, nur gegen ihre Freunde. Man verachtet den Dieb, der ein Stück Brot gestohlen. Wer einem anderen die Ehre stiehlt, findet sofort Zuhörer und Hehler.«

Ein merkwürdiger Anfang das. Es ist die Geschichte meiner ersten genossenschaftlichen Geschäfte, die ich in meinem Leben gemacht habe – für andere! Für diese Kartoffelladungen, von denen hier die Rede ist, hatten wir wirklich bedeutenden Mehrerlös. Ich hatte eine fast kindliche Freude darüber, daß der Versuch geglückt war. Die Leute hatten Mut bekommen; die Folge davon war, daß ich sie auch zum gemeinschaftlichen Versand von Getreide gebracht habe, und noch in diesem Winter, von dem ich gerade erzähle, habe ich um 180 000 Mark Getreide genossenschaftlich verkauft und seit jenem Winter für viel hundert Millionen. Und wie klein war der Anfang: ein Waggon Kartoffeln! Es war immer mein Grundsatz, klein zu probieren, weil es dann auch nur kleines Lehrgeld gekostet hat.

Als ich nach Hause kam, habe ich natürlich sofort meiner Frau die Kartoffelgeschichte erzählt. Die war sehr entrüstet und aufgebracht über eine solche Gemeinheit. Mich selbst hat es weniger angegriffen, weil ich die Menschen kenne. Ich bin am anderen Donnerstag früh in meine Schule gegangen. Als ich um 11 Uhr nach Hause kam, hat mir meine Frau mitgeteilt, es sei um 10 Uhr ein Herr dagewesen, um mich zu sprechen; er habe sehr bescheiden angefragt, wann denn der Herr Doktor Zeit hätte und daß er ja nicht stören möge. Er werde um halb 12 Uhr wiederkommen.

Wie hat der Mann ausgesehen? – Ein mittelgroßer Mann mit schwarzem Vollbarte . . .

Liebe Leser, ich brauche euch wohl nicht zu sagen, wer dieser Mann war. Es war mein Reisegenosse vom Tage vorher, der die Kartoffelgeschichte von dem »Waungsiegler Lumpen« erzählt hatte. Ich brauche euch wohl auch nicht zu sagen, warum er zu mir gekommen ist. Er hat mir seine Abbitte gleich schriftlich mitgebracht und ganz freiwillig eine Gabe für einen guten Zweck geleistet.

Manches hat sich seitdem geändert. Was dortmals in Bayern als Neuerung kühnster Art gegolten hat, nämlich genossenschaftlich zu verkaufen, hat heute hundertfache Nachahmung gefunden.

Was ist eine Sitzung?

Es war im November 1914. Ich war fast alle vierzehn Tage einmal in Berlin, bald von dieser, bald von jener Reichsstelle gerufen, um an einer sogenannten Sachverständigensitzung teilzunehmen. Es waren da Fachleute aus dem ganzen Deutschen Reich zusammengerufen, um in kriegswirtschaftlichen Fragen sich gutachtlich zu äußern. Die Sache war noch nicht organisiert wie im späteren Verlauf des Krieges, wo Kriegsgesellschaften und Beiräte wie die Pilze aus dem Boden schossen.

Die Sitzungen hatten oft eine sehr lange Dauer, was immer auf Meinungsverschiedenheiten schließen läßt. Es gibt überhaupt kein Land auf der Welt, in dem soviel in Sitzungen gearbeitet wird wie in Deutschland. Beschlüsse werden nicht immer mit guten Gründen erfochten; hier gilt das Wort: Ausdauer macht alles, und für den Hartnäckigen arbeitet die Zeit. Wenn ein großrheinisches Syndikat nach Ablauf des Syndikatsvertrages neuerdings seine Lieferungsquoten festsetzte, dauerten die Sitzungen oft zwölf bis vierzehn Stunden, bis weit über Mitternacht. Schuld an der langen Dauer war immer ein bekannter Rheinindustrieller, der mit unglaublicher Zähigkeit und mit immer neuen Schwierigkeiten seine Interessen verfocht, die eine allseitige Ablehnung erfuhren. Aber er hat fast immer erreicht, was er wollte, er zermürbte seine Gegner, denn schließlich wollte doch jeder einmal nach Hause.

Nach einer Sitzung im Spätherbst 1914, die den ganzen Tag von früh 10 Uhr bis in die Nacht hinein gedauert hatte, begaben sich die Teilnehmer in ein Berliner Hotel, um ein gemeinschaftliches Abendessen im reservierten Zimmer einzunehmen. Männer der Industrie, des Wirtschaftslebens, der Landwirtschaft, der Wissenschaft, des Militärs, der Reichsregierung.

Es kam die Rede auf die vielen Sitzungen, und schließlich kam ein Staatssekretär auf den Gedanken, einen Professor zu fragen: Was ist eigentlich eine Sitzung? »Eine Sitzung ist die Zusammenkunft von Personen in der gleichen Sache, um durch Aussprache zu einem bestimmten Beschluß zu kommen, der der Wahrheit und Richtigkeit möglichst nahe kommt.« Ein zweiter Tischgenosse, ebenfalls ein gelehrter Herr, definierte eine Sitzung als Meinungsaustausch von Sachverständigen unter gegenseitiger Korrektur von Irrtümern, so daß ein Beschluß zustande komme, der der Wahrheit und Richtigkeit sich möglichst annähere.

Ein dritter und vierter Herr gab noch seine Definition. Einer meinte, eine Sitzung sei eine Beratung, die mit einem Essen ende.

Meiner Unbedeutendheit bewußt, schwieg ich zu all dem, aber der Staatssekretär richtete an mich die Frage: Nun, Sie Bayer, wie definieren Sie eine Sitzung?, worauf ich bemerkte: Ich bitte, mir meine Definition zu erlassen, sie ist für Berliner Ohren nicht geeignet; nördlich des 52. Breitegrades hat man andere ästhetische Maßstäbe. Was man bei uns ruhig mit anhört, erregt bei Euch Anstoß.

Meine Ablehnung war schlecht formuliert, denn jetzt war die Neugierde rege, und von allen Seiten bestürmte man mich, ich müsse meine Definition zum besten geben. Und so geschah es mit den Worten:

»Eine Sitzung ist der Triumph des Teiles, auf dem wir sitzen, über den Kopf.«

Ich mußte mich wieder einmal überzeugen, wie die Naivität die komplizierteste Auffassung schlägt. Möchte noch bemerken, daß ich an Stelle des Satzes: »der Teil des Körpers, auf dem man sitzt« in Wahrheit nur ein Wort gesagt habe, das die Druckerschwärze nicht gut verträgt und das jeder Deutsche nur unter Hinweis auf Götz von Berlichingen zitiert.

Ich will nicht renommieren, aber ich hatte offenbar den Vogel abgeschossen, denn die Heiterkeit war eine elementare, und fast jeder Teilnehmer zog sein Notizbuch heraus, um sich die Definition aufzuschreiben . . . Nord und Süd hatten sich verstanden.

»Dem praktischen Leben fern ...«

Es war Ende der neunziger Jahre. Ich gehörte dem Bayerischen Landtag und dem Reichstag an. Es war die Zeit des Übergangs, in der noch die Kämpen aus Bismarcks Zeit lebten: Daller, Orterer, Vollmar, Schädler, Grillenberger dem Landtag, Richter, Rickert, Miquel, Bebel, Herbert Bismarck und andere dem Reichstag angehörten. Was ich aber erzählen will, hat mit Historie nichts zu tun, es ist ein rein persönliches Erlebnis, das aber doch manchen Mitmenschen Spaß machen wird.

In jener Zeit lag dem Bayerischen Landtag ein Gesetzentwurf vor betreffend Revision der Steuergesetze. Ich war der Jüngste im Landtag - ich hatte das 30. Lebensjahr kurz überschritten, das für die Wählbarkeit die Grenze bildete. Die Steuergesetze waren in der Vorkriegszeit immer Gegenstand sehr lebhafter Auseinandersetzungen, und daran hat es auch bei dieser Vorlage nicht gefehlt. Jugendlich und stürmisch bin ich an die Arbeit herangegangen, und gemeinschaftlich mit meinem Kollegen Dr. Pichler haben wir dem Ausschuß durch Anträge reichlich Arbeit gemacht. Nicht immer zur Freude der betroffenen Kreise. Von Handel und Industrie wurden sie oft mit Widerspruch aufgenommen.

An einem Herbsttag fuhr ich von München nach Berlin, um an einer Reichstagssitzung teilzunehmen. Es war der Abendzug, der heute noch, jetzt allerdings als bequemer Schlafwagenzug, 7 Uhr abends in München abgeht und nach zwölfstündiger Fahrt in Berlin morgens fast um die gleiche Stunde ankommt. Ich hatte meinen Platz in einem Coupé erster Klasse belegt und ging auf den Bahnsteig, um mir noch einige Zeitungen zu kaufen. Beim Zeitungsverkäufer hatte ich eben die letzte Nummer einer größeren Münchener Zeitung erstanden, als ein wohlgenährter Herr mit viel Reisegepäck vergeblich die Nummer der gleichen Münchner Zeitung zu kaufen suchte. Der fliegende Bahnhofsbuchhändler erwiderte ihm: »Eben habe ich diesem Herrn die letzte Nummer gegeben.« Ich steige ein. Und zu meinem Erstaunen finde ich mir gegenüber den gleichen Herrn. Jeder mit einem Pack Literatur ausgestattet, er und ich. Wir saßen uns gegenüber, anfangs ohne eine Vorstellung und ohne ein Wort der Unterhaltung. Die Billettkontrolle belehrte mich alsbald, daß auch für ihn die Reichshauptstadt das Reiseziel war. Ich las meine Zeitung, darunter auch jene »letzte Nummer«, die ich meinem Gegenüber weggekauft hatte. Die erste Seite dieses Blattes beschäftigte sich mit den Arbeiten des Steuerausschusses, darunter auch mit Dr. Pichler und meiner Person, und zwar in nicht sehr schmeichelhafter Weise. An vernichtende Kritik war man ja als Abgeordneter gewöhnt. Besonders war das Bedauern darüber ausgesprochen, daß in so rein wirtschaftlichen Fragen ein Geistlicher (Dr. Pichler) und ein jugendlicher Reallehrer (das war ich), »die vom praktischen Leben nichts verstehen«, tonangebend seien. Ich hatte diese Stelle unterstrichen, um sie für meine Registratur ausschneiden zu lassen und am Rande selbst ironisch bemerkt: »sehr richtig«. Diese Bemerkung hatte ich mit einem Pfeil versehen, dessen Spitze auf die meine Person betreffende Kritik verwies.

Es war unterdessen eine Stunde vergangen. Da hat mein Gegenüber mich gebeten, ob ich ihm nicht die Zeitung, die er sich nicht mehr kaufen konnte, leihen möchte, was ich ihm mit Vergnügen zusagte. Ich stellte ihm auch meine übrige Literatur zur Verfügung. Er hatte einige Tagesblätter, die ich nicht besaß, auch eine Fachzeitschrift, die er mir nicht übergab. Ich bat ihn darum. »Haben Sie dafür Interesse?« Ich bejahte das. Über meine Zeitung hinweg beobachtete ich mein Gegenüber, wie er sich gerade an der Stelle aufhielt, die ich sehr stark unterstrichen und mit der Bemerkung »sehr richtig« versehen hatte, und ich war gespannt, wie er die Kritik über meine Person aufnehmen würde. Und ebenso unwillkürlich schaute mir mein Vis-à-vis ins Gesicht. Er sagte: »Da haben Sie aber sehr recht, es ist wirklich ein Skandal, daß ein junger Mann, der von dem praktischen Leben hint' und vorn' nichts versteht, in solchen Fragen den Ton angibt.«

Ich habe diese seine Entrüstung freundlich lächelnd quittiert. Die Reise geht weiter. Der Tag sinkt. Die Beleuchtung war schlecht. Mein Gegenüber suchte eine Unterhaltung in Gang zu bringen. Wir sprachen vom Notenbankgesetz, das zu jener Zeit den Reichstag beschäftigte (Verlängerung des Privilegs der Privat-Notenbanken). Meine Kenntnisse auf diesem Gebiet schienen ihn zu befriedigen, denn er fragte mich: »Sie sind wohl Bankfachmann?« Meine Antwort lautete: »Nein, ich stehe dem praktischen Leben völlig fern.«

Die Fachzeitschrift, die er mir überlassen hatte, behandelte u. a. das Thema eines Schutzzolles für Wolle und nahm Stellung gegen die Forderung norddeutscher agrarischer Kreise. Auf diesem Gebiet war mein Gegenüber sehr bewandert, denn *er gehörte der Textilbranche an*. Ich habe ihm meine Auffassung unterbreitet, worauf er mir die Frage vorlegte, ob ich auch der Textilbranche angehöre. Er witterte offenbar einen Konkurrenten. Ich konnte ihn aber mit der Bemerkung beruhigen: »Ich stehe dem praktischen Leben völlig fern, ich verstehe davon gar nichts.« Nach einiger Zeit kamen wir auf die Fragen »Refaktien« im Güterverkehr und der sogenannten Einfuhrscheine (Zollrückvergütung). Das Thema beschäftigte uns ziemlich lange; es war Zeit, sich zur Ruhe zu legen. Er meinte schließlich, ich sei wohl beim Verkehrs- oder Speditionswesen, also vom Fach. (Ich bemerke dazu, daß ich es peinlich vermied, es zu einer gegenseitigen Vorstellung kommen zu lassen.) Auch hier konnte ich ihn wieder beruhigen, indem ich ihm bemerkte, meine Ansichten seien die eines Dilettanten, denn ich stünde dem praktischen Leben völlig fern und verstehe nichts davon, ich hätte nur so meine Ansichten.

Zu jener Zeit gab es wenig Züge mit Schlafwagen. Dagegen waren die Wagen erster Klasse in Liegestätten umzuwandeln. An der Wand war eine Tafel angebracht, man möge den Kondukteur rufen, wenn man sich das Bett nicht selbst bereiten könne. Mein Gegenüber, im übrigen ein sehr behaglicher Herr, der einen großen Freßkorb mit entsprechend flüssigen Beigaben wohlassortiert mit sich führte, ließ mich an allem seinem Überfluß teilnehmen, so daß unsere Unterhaltung immer gemütlicher, immer behaglicher wurde; wir hatten uns gut zusammengeredet. Eine dicke Importe versetzte mich in eine wohlige Stimmung, und unser kleines Heim, das wir auf zwölf Stunden miteinander teilten, war rauchgeschwängert. Vor dem Bettgehen schlug ich vor, das Coupé noch gut zu lüften. Er war einverstanden. Nun ging es ans Bettmachen. Hier versagten nun seine Kenntnisse. Er läutete dem Kondukteur. Dieser kam nicht. Ich bot ihm *meine* Dienste an. Darauf sagte er: »Können Sie das?« Jawohl. Ich verstehe zwar nichts vom praktischen Leben, aber Eisenbahnbettenmachen kann ich vorzüglich, weil ich oft in einer Woche drei Nächte in diesem Käfig zubringe. Im Handumdrehen hatte ich den Sitz beiderseits herausgezogen und die Wandung zusammengeklappt. Wir legten uns aufs Ohr und nach kurzer Zeit hieß es »Gute Nacht!«

Am Morgen in Jüterbog rieben wir uns die Augen. Der Kondukteur hatte hereingerufen: »Noch eine halbe Stunde und wir sind in Berlin.« Mein Reisegefährte sagte mir ein liebenswürdiges »Guten Morgen!« und versicherte mir ganz unvermittelt, er hätte sich gestern mit mir ganz vorzüglich unterhalten. Ob wir uns in Berlin nicht treffen könnten; er bleibe einige Tage dort und wohne im »Kaiserhof«. Ich erwiderte ihm: »Auch mich würde das ungemein freuen«, und nunmehr kam der kritische Moment. »Darf ich Sie vielleicht zum Mittag- oder Abendtisch einladen; der Zeitpunkt hängt allerdings noch von meinen Besprechungen ab, die ich in Berlin habe.« Ich sagte ihm: »Ich bin im Reichstag zu erreichen.« Der Herr verfärbte sich. »Sie sind Reichstagsabgeordneter?« »Jawohl.« »Sie sind *bayerischer* Reichstagsabgeordneter?« »Jawohl.« »Sie kennen wohl den Dr. Heim?« »Jawohl, sehr gut.« »Sie gehören wohl zu seiner Partei?« »Jawohl.« »Sie sind doch nicht selbst – – – der Dr. Heim?« – Tableau! – – – »Jawohl.«

Mein wohlbeleibter Nachbar hatte unterdessen einen feuerroten Kopf bekommen, drückte mir mit Wärme die Hände und sagte: »Endlich habe ich es doch gemerkt; ich habe heute nacht lange darüber nachgedacht. Als Sie das Bett machten und sich zum vierten Male als den mit dem praktischen Leben nicht vertrauten Mann bezeichneten, wurde ich stutzig. Es soll mir aber zur Warnung dienen. Ich werde so schnell über Menschen, die im öffentlichen Leben stehen, kein Urteil auf Grund von Parteiurteilen mehr aussprechen.« Ich sagte ihm, daß das gar nichts mache, daß er mir eine ungemein große Freude bereitet habe. Auch den Artikelschreibern erteile ich Generalpardon, da ich selbst oft sündige. Als Beweis zitierte ich ihm eine Stelle aus einer meiner Reden im Landtag: »Abgeordnete seien wie ein Eckstein, an dem jedes Schwein seinen Hinteren wetze.«

. . . Es kam zur Einladung. Es war kein schlechtes Souper. Vier Fachkollegen meines Reisenachbarn waren zugegen. Sie waren alle schon von dem Erlebnis unterrichtet, und in der anregenden Unterhaltung war alle Augenblicke von dem Mann, »der vom praktischen Leben nichts verstand«, die Rede. Auch als einer der Herren die Schaumweinflasche nicht rasch genug öffnen konnte, nahm sie ihm ein Zweiter ab mit der Bemerkung: »Du verstehst ja nichts vom praktischen Leben.« - Es war ein heiterer Abend... Wenn Menschen lachen, verlieren Gegensätze ihre Schärfe, Menschen ihre Kanten...!

Lang, lang ist's her . . .

Die Bude - der Student kennt alle die schönen Worte nicht, wie Zimmerwohnung oder Garçonwohnung oder möbliertes Zimmer - ist für den Studenten während seiner Studienzeit ein Stück seines Lebensinhaltes. Er ist zwar des Tages wenig in seinen vier Mauern, nichtsdestoweniger ersetzt sie ihm aber die Häuslichkeit, nach der er trotz seines freien Lebenswandels bisweilen Bedürfnis hat. Voraussetzung ist aber, daß eine gute Wirtin ihm die Bude wertvoll macht. Sie darf ihm nicht nur am Ende des Monats die Rechnung vorlegen, sondern muß ihn auch wohlwollend bemuttern bei allen kleinen menschlichen Bedürfnissen, denen nur die Frauenhand abhelfen kann. Ich hatte viele Buden und infolgedessen auch viele Wirtinnen, und darunter wirklich herzensgute Menschen, die in ihrer Herzensgüte für Studenten und so auch für mich mehr taten als durch Entgelt ausgeglichen wurde.

Im vierten Stock eines Hauses, am wunderschönen Marktplatz, mit der gotischen Marienkapelle, wohnte ich. Meinen Weg zur Universität nahm ich in der Regel durch eine der schmalen Würzburger Gassen, die hinter meinem Hause gegen den Main führten. Von dort zog ich durch das Glacis, das durch Oberbürgermeister Zürn in wundervolle Anlagen umgewandelt wurde, zur Universität. Es war immerhin ein Spaziergang von nahezu ¾ Stunden. Es kann der Beste nicht in Frieden leben, wenn es dem bösen Nachbar nicht gefällt. Jeden Morgen zur gewohnten Stunde passierte ich die oben erwähnte schmale Gasse.

Und immer zur gleichen Stunde zeigte sich an einem bestimmten Hause zur ebenen Erde der Kopf eines Schusterlehrlings, der jedesmal, wenn er meiner ansichtig wurde, die Melodie pfiff: Lang, lang ist's her. Den Sinn dieser musikalischen Andeutung zu raten, war nicht schwer. Ohne Einbildung durfte ich sie bei meiner Körperlänge von 1,93 Metern auf mich beziehen. Ich passierte die Straße mit großer Regelmäßigkeit zur selben Minute, und Tag für Tag wiederholte sich dasselbe musikalische Schauspiel, immer wieder: Lang, lang ist's her! Ich giftete mich unendlich. Anfänglich glaubte ich, ich solle diesen Lausbuben von einem Schusterjungen ignorieren. Aber nach einiger Zeit bemerkte ich, daß das blondgelockte

Töchterlein des Ladeninhabers in der Nähe des Schusterateliers mit grinsendem Vergnügen jeden Morgen am Fenster stand, um sich an meiner Verhohnepipelung zu amüsieren. Wie es in der Diplomatie Prestigefragen gibt, so auch im Leben des Studenten.

Die Geschichte wurde auf die Dauer unerträglich. Es mußte ihr ein Ende bereitet werden. Es wäre nahe gelegen, die Straße zu meiden.

Das aber hätte einen Sieg des Schusterlehrlings bedeutet. Dies war um so weniger angängig, als der Bursche Mitwisser und vor allem Mitwisserinnen hatte.

An einem schönen Morgen ging ich wieder durch die gleiche Straße, aber diesmal nicht in der Richtung gegen den Main, sondern umgekehrt, vom Maine herkommend. Ich hielt mich hart an den Mauern der Häuser, und - ohne vorher bemerkt zu werden - näherte ich mich dem Haus mit der Schusterwerkstatt. Weit über die Fensterbrüstung vorgebeugt lauerte der Schusterlehrling auf sein Opfer. In diesem Augenblicke hatte er die fünf Finger meiner rechten Hand (Nr. 8½ Handschuhnummer) auf der Backe, indem ich gleichzeitig dabei pfiff: Lang, lang ist's her. Die Feindschaft zwischen uns beiden war damit endgültig begraben. Am nächsten Morgen passierte ich zur gewohnten Stunde die gewohnte Straße, ohne des jungen Spötters ansichtig zu werden.

Das erste Trinkgeld

Kleider machen Leute. Die Wahrheit dieses Sprichwortes wird durch eine heitere Episode aus meinem Leben bestätigt. Als Vorstand und Leiter der Landwirtschaftlichen Zentralgenossenschaft der bayerischen Bauernvereine, die ich gegründet und jahrzehntelang geleitet habe, hatte ich den Grundsatz, keinen Reisenden und keinen Geschäftsvertreter von der Türe zu schicken. Ich hatte für jeden Zeit, selbstverständlich begrenzt. Allzu aufdringliche und zeitraubende Reisende wußte ich immer in höflichster Form hinaus zu bringen, dafür war ich Manns genug. Man kann von jedermann lernen, auch vom jüngsten Reisenden, und ich muß gestehen, daß ich durch diese Praktik ungemein viel gewonnen habe.

Ich habe in puncto Toilette immer wenig Umstände gemacht. Ich bin zu Hause gewöhnlich in meinen Geschäftsräumen im gestrickten Janker, einer echt bayerischen Kleidung, herumstolziert. Mein Personal war an diese Formlosigkeit gewöhnt. Eben den langen Gang, in den in unserem Hauptgebäude zahlreiche Bureautüren einmünden, durchschreitend, läuft ein Reisender an mich hin. Er winkt mir zutraulich mit dem Zeigefinger und sagt: »Sie, geh'ns einmal her!« Ich habe ihm selbstverständlich Folge geleistet. »Womit kann ich dienen?« »Wo komm ich denn da zum Herrn Geheimrat Heim?« »Bitte, gehen Sie nur da vor, links die Tür.« Im selben Augenblick spüre ich in meiner linken Hand etwas Kaltes.

Er hatte mir eine Mark in die Hand gedrückt. Bemerken möchte ich, daß der Gang im Halbdunkel liegt. Ohne das Vorzimmer zu berühren, kann ich durch den Bibliotheksraum in mein Zimmer gelangen. Nach einiger Zeit meldete das Telephon des Vorzimmers bei mir den Besuch des Herrn X, Vertreter der Firma Y an.

Ich ließ ihn eintreten. Es war der Vertreter für eine Rechenmaschine, die er in seinem Musterkasten zur Vorführung dabei hatte. Wie er auf den Ruf »Herein« unter der Türe stand und den Mann mit dem Janker gewahrte, dem er vorher eine Mark Trinkgeld in die Hand gedrückt hatte, war er wie vom Schlag getroffen. Er konnte nur stammeln: »Habe ich die Ehre, Herrn Geheimrat Heim zu sprechen?« Worauf ich bemerkte: »Jawohl, mein lieber Herr, bitte, nehmen Sie nur Platz!« Er suchte dann gleich eine Entschuldigungsrede zu stammeln, daß er mich derartig verkannt hatte, worauf ich ihm erwiderte: Ehrlich verdientes Geld sei nie eine Schande, und ich würde mit seinem Einverständnis die Mark für einen von ihm genannten Zweck bestimmen. Das wirkte auf ihn wie ein erlösendes Gewitter im Hochsommer. Er sagte: »Dann will ich aber ein Zehnmarkstückchen daraus machen.« Wir haben uns dann sehr rasch verständigt. Beim Abschied meinte er: »Das werde ich aber zeitlebens nicht vergessen.« Ein Beweis für die Richtigkeit des Satzes: Kleider machen Leute.

Wo wohne ich?

Ich unterhielt mich eines Tages mit einem bayerischen Minister über einen Beamten seines Ressorts. Er war voll des Lobes für ihn, rühmte seine Tüchtigkeit, seinen Diensteifer, bemerkte aber, daß sich sein Verwendungskreis auf den inneren Dienst beschränke, denn für den Parteiverkehr sei er ganz ungeeignet. Mir wollte bei dem Lobe des Ministers diese Einschränkung nicht recht einleuchten. Da stellte dieser an mich unvermittelt die Frage: Halten Sie es für möglich, daß ein Mann seinen eigenen Namen nicht mehr weiß? Ich antwortete natürlich, ich hielte das bei einem normalen Menschen für ausgeschlossen. Und doch erzählte mir der Minister, daß er bei seiner ersten Begegnung mit diesem Beamten auf die Frage: Mit wem habe ich die Ehre? keine Antwort erhielt. Verlegenes Stammeln, unglaubliche Hilfslosigkeit, bis der Minister ihm dann direkt mit der Frage auf den Leib rückte: Darf ich Sie um Ihren Namen bitten? »Entschuldigen, Exzellenz, ich habe ihn im Augenblick vergessen!«

Das erscheint gänzlich unglaubhaft. Aber es war wirklich so. Wie ich später feststellen konnte, hatte der betreffende Beamte, der zum ersten Male seinen Ressortminister besuchte, seinen nächsten Freunden diesen Vorfall bestätigt. Und wer ihn gekannt hat, dem erscheint das glaubhaft. Eine in sich gekehrte, schüchterne Natur, sehr brauchbar für stille Bureauarbeit, im übrigen anspruchslos und ganz zurückgezogen lebend.

Das ist aber erst die Einleitung. Wie der Titel zeigt, will ich nicht erzählen, wie einer seinen Namen vergessen hat, sondern seine eigene Wohnung.

Es war in den 90er Jahren; der neugewählte Reichstag versammelte sich in Berlin. Am Vortag vor der ersten Sitzung traten die Fraktionen zusammen. Die älteren Abgeordneten nahmen sich der neugewählten, die zum ersten Male nach der Reichshauptstadt kamen, fürsorglich an. Wir waren etwa zwölf bayerische Abgeordnete im Zuge zusammengetroffen; die Hälfte davon waren Neulinge. Wir Älteren wohnten schon während der vorhergehenden Session in der Nähe des Anhalter Bahnhofes in einer Pension. Die Wirtin war von unserer Ankunft im vorhinein verständigt; wir waren untergebracht. Auch einige der Neulinge schlossen sich uns an. Nur einer von ihnen, ein Mann des seßhaften Mittelstandes, der übrigens von der Welt etwas gesehen hatte, ging bei der Ankunft in Berlin sofort auf die Wohnungssuche. Er fand auch in einer Straße in der Nähe des Anhalter Bahnhofes eine, wie er meinte, ganz passable Bude bei anständigen Leuten. Da er für Behaglichkeit eine große Wertschätzung hatte, durfte man annehmen, daß er eine gute Wahl getroffen hatte.

Den ersten Abend in Berlin brachten wir in der Filiale des bayerischen Hofbräuhauses in der Leipzigerstraße zu. Da wir bis nachts 10 Uhr in der Fraktionssitzung festgehalten worden waren, kamen wir erst spät zum Abendimbiß und zur nötigen Bettschwere. »In stiller Ruh' lag Babylon«, als wir den Heimweg antraten. Unser Freund begleitete uns bis zum Anhalter Bahnhof und verabschiedete sich an der Türe unseres »Stalles« mit einem herzlichen »Gute Nacht!« und »Auf Wiedersehen!«.

Dieses Wiedersehen sollte nicht lange auf sich warten lassen. Ungefähr nach einer Stunde wurde in unserer Pension die Alarmglocke gezogen. Ich hatte mein Zimmer gerade der Korridortür gegenüber. Es drangen bayerische Laute an mein Ohr. Ich lauschte aufmerksam: Wer ist das? Das ist ja die Stimme meines Freundes mit dem behaglichen Zimmer. Gerade hörte ich, wie er unserer Wirtin versicherte, daß er alle bei ihr wohnenden Herren kenne, und um ein Nachtquartier bat. Die Wirtin versicherte lebhaft, daß alles besetzt sei. Mir schwante etwas von einem Mißgeschick. Daher streckte ich meinen Kopf zur Türe hinaus und rief den Namen meines Freundes. »Das ist aber recht, daß du wach bist. Ich bin in einer schrecklichen Verlegenheit. Ich habe meine Bude nicht mehr gefunden!« Unsere Wirtin willigte gerne ein, daß er auf dem Sofa meines Zimmers nächtige, und so nahm mein wohlbeleibter Freund Platz und erzählte mir seine Irrfahrt. Er hatte seine Berliner Adresse auf einen Zettel notiert mit Straße und Hausnummer, diesen Zettel einem Brief an seine liebwerte Gattin beigelegt und sofort auf die Post gegeben. Er selbst verließ sich auf sein Gedächtnis und darauf, daß er das Haus jederzeit wiederfinden und erkennen würde. Er hatte nicht damit gerechnet, daß die Orientierung in einer modernen Großstadt mit ihren gleich aussehenden Straßenquadraten keine leichte Sache sei, mußte sich aber jetzt davon überzeugen. Als besonderes Merkmal des Hauses, in dem er wohnte, hatte er festgehalten, daß sich im Keller ein Gemüsekramladen befinde. Daß es in vielen Straßen Berlins solche Kellerläden gibt, daran hatte er nicht gedacht. Das Mißgeschick meines Freundes gaudierte mich großartig, und er wurde beinahe ungehalten, daß ich mich noch darüber lustig machte. In sehr früher Stunde machte er sich des anderen Tages auf den Weg, seine Residenz zu suchen. Im Lesezimmer des Reichstages wollten wir uns wieder treffen. Als ich mich nach ungefähr zwei Stunden an der verabredeten Stelle einfand, war er noch nicht da. Ich wunderte mich darüber, denn er hätte schon vor mir da sein müssen. Eine gute Stunde dauerte es aber noch, bis ich seiner ansichtig wurde. Ihn auszufragen, hatte ich nicht notwendig. Er bat mich vor die Türe, da im Lesezimmer Schweigegebot herrscht, und erzählte mir von seinem neuen unglaublichen Pech: er hatte auch am Tage seine Wohnung nicht mehr gefunden!

Die Geschichte war mißlich, da er sein ganzes Gepäck, darunter seine schwarze Wichs, dort abgestellt hatte, und er wollte doch am nächsten Tage der feierlichen Eröffnung des Reichstages durch Seine Majestät im Weißen Saale des Schlosses anwohnen. »Was willst du jetzt machen?« fragte ich ihn nun. »Ich habe schon an meine Frau telegraphiert, mir mitzuteilen, wo ich wohne.« Am anderen Tag, mit dem gleichen Frühzug, mit dem wir in Berlin gelandet waren, erschien seine Gattin und fand ihren Mann im Reichstag, zum Glück noch rechtzeitig, um mit ihm in einer Droschke in die Wohnung zu fahren, deren Adresse die Frau wohl wußte.

Warum meines lieben Freundes Gattin die Adresse persönlich überbrachte, will ich nicht näher auseinandersetzen. Es muß ja auch einer Frau Kopfzerbrechen machen, wenn ihr Mann, der eben seine auswärtige Adresse mitgeteilt hat, am gleichen Tage noch depeschiert: Bitte, mir drahtlich die Adresse meiner hiesigen Wohnung mitteilen!

Ich war der einzige, den mein Freund in sein Mißgeschick eingeweiht hatte. Ich mußte ihm hoch und teuer versprechen, es niemand zu verraten. Ob seine Frau die Diskretion so rundweg gewahrt hat, scheint mir zweifelhaft. Er fürchtete, daß es an ihm wahr werde, daß, wer den Schaden, auch obendrein den Spott habe.

Ich habe mein Versprechen gehalten.

Auch der feierlichen Reichstagseröffnung konnte er anwohnen und die Thronrede mit anhören. Bei Verlassen des Weißen Saales wurde die Thronrede bereits von den Zeitungsverkäufern ausgerufen. Die Berliner Zeitungsausrufer sind ja bekannt wegen ihrer schnoddrigen Witze. Am gleichen Tage war der D-Zug Köln–Berlin nicht weit vor den Toren der Reichshauptstadt entgleist. Und da riefen die Zeitungsverkäufer ihre Extrablätter mit dem Motto aus: »Thronrede Seiner Majestät – – Großes Unglück«. Das Unglück war die Entgleisung des D-Zuges.

Heute sind seitdem nahezu 30 Jahre auf der Sanduhr der Zeit abgelaufen, und ich gestehe, daß ich inzwischen öfters im Freundeskreis von dem Mißgeschick des längst Verstorbenen erzählt habe. Die Urkomik der Situation hat ihre Wirkung auf die Lachmuskeln nie versagt. Und da das Lachen die Medizin des Himmels ist, sollen heute noch andere Mitmenschen davon erfahren.

Der Schlaucherl

Was ich hier erzähle, ist ganz neugebackene Ware. Es ist zwar eine Geschichte, die sich vor 30 Jahren abspielte, aber gehört habe ich sie wenigstens erst vor wenigen Stunden in einem Wirtshaus am blank gescheuerten Ahorntisch, droben im Fichtelgebirge, in einem ringsum von Wald umsäumten Dörfchen. Da war die Rede vom Stehlen und von ertappten Dieben. Der Ausgangspunkt für diese Unterhaltung war der stolze Hinweis darauf, daß in diesem Dörfchen, obwohl von einer armen Bevölkerung bewohnt, jede Türe Tag und Nacht offen stehe.

Wie es nun so geht: Wenn in einer Gesellschaft von Gespenstern die Rede ist, so kommt jeder der Reihe nach mit einer noch wundersameren Gespenstergeschichte, und besonders an einem kühlen Herbstabend, an dem sich die Menschen wieder gemütlich und »griebig« zusammenhüscheln wie die Kaninchen im Stalle, da ist alles dankbar für jede Gabe. So waren wir am Vormittag von Maria Namen beim Diebsgeschichten-Erzählen. Die Reihe war an einem vierschrötigen, stämmigen Waldler in den besten Jahren, wetterhart, Handschuhnummer 9½; die Schuhnummer kann nur nach Maß gearbeitet werden. Die Diebsgeschichte hat er in seiner Jugend selbst miterlebt.

Es war an Lichtmeß vor 30 Jahren. Die Ehehalten (Dienstboten), deren acht auf dem Bauernhof waren, hatten eben ihren Lohn erhalten, denn »an Lichtmeß ist der Knecht vorne dran«. An diesem Tage wird bei uns auf dem Lande altem Herkommen gemäß der Jahreslohn ausbezahlt, und zwar meistens vormittags nach dem Hauptgottesdienste. Schon am anderen Tag machte der Großknecht zu seinem Schrecken die Entdeckung, daß ihm die Truhe geöffnet und daraus sein Geld gestohlen worden war. Die Bestürzung des Knechtes war groß; denn der Lohn des Jahres, durch solche Arbeit verdient, bedeutet in diesem Falle mehr, als der Verlust des Einsatzes für den berufsmäßigen Börsenspekulanten.

Es gab nun eine große Untersuchung. Alle mußten sich's gefallen lassen, aber vergebens, obgleich nach allen Umständen der Dieb im Hause sein mußte. Es kam keine Festtagsstimmung im Hause auf.

Jedoch ärger wie der Verlust des gestohlenen Gutes ist das erschütterte Vertrauen unter den Personen, die beisammen leben müssen.

Die Dienstboten saßen gerade am Tage nach Lichtmeß, mittags um 11 Uhr, in der großen Stube nach alter Sitte gemeinsam mit der Bauernfamilie am Tische. Es war nicht so wie sonst immer. Der Bauer hatte gerade die Sprache davon, daß er den Lohn lieber noch einmal zahlen wolle, wenn nur nicht durch den Diebstahl vielleicht ein Unschuldiger verdächtigt würde. In demselben Augenblick kommt ein Besuch zur Tür herein, eine in der ganzen Gegend bekannte Persönlichkeit. Es war ein alter Hausierer von einem benachbarten Städtchen, der auf dem Lande Eier und Schmalz zusammenkaufte und alle möglichen Geschäfte machte. Ja, wenn man einen Rat brauchte, so war er immer gerne bereit, Auskunft zu erteilen, und so wurde er auch hier über den Vorfall unterrichtet. »Alter Pirzer,« schloß der Bauer seinen Bericht, »bist doch sonst so ein Schlaucherl (Schlauberger), aber da weißt du auch keinen Bescheid!«

»Das werden wir gleich haben! Um Diebe herauszubekommen, dafür habe ich ein vorzügliches Mittel«, brummte das alte Männchen. Er ging in ein Nebenzimmer und kam gleich darauf wieder zurück mit acht fingerlangen Tuchbändeln in der Hand, ganz gleich lang geschnitten. Jedem von den acht Dienstboten gab er einen Bändel in die Hand und hub nun also an zu reden: »So, den Dieb werden wir gleich haben. Morgen früh komme ich und hole die Bandl wieder. Wenn der Dieb unter euch ist, so wird bis morgen sein Bandl um die Hälfte länger gewachsen sein!«

Am andern Morgen in aller Früh, als die Milchschüssel auf dem Tische stand, war der alte Pirzer zum Bandlappell da. Jeder hielt sein Bandl bereit in der Hand. Beim Großknecht fing er mit dem Einsammeln an, dann kam er zum zweiten Knecht, dann zur Großmagd und so weiter. Sie gaben alle wieder ihr Bandl zurück, wie sie es von Pirzer erhalten hatten. Aber halt! Was ist das? Als der sogenannte kleine Knecht an die Reihe kam, gab er nur noch die Hälfte von dem Stück Bandl her, das er am Tage vorher erhalten hatte. – Wissen die verehrlichen Leser des Rätsels Lösung? Der Pirzer wußte sie sofort, er, der alte Schlaucherl. Er sagte es dem Bauernknecht auf den Kopf zu, daß er das Geld gestohlen hatte. Dieser fiel vor dem Bauern auf die Knie nieder und bat um Gnade und brachte sofort das gestohlene Geld herbei.

Wie konnte der Pirzer so rasch den Dieb wissen?

Sehr einfach. Der Kleinknecht mit seinem schlechten Gewissen fürchtete, daß das Bandl über Nacht um die Hälfte wachsen würde, drum hat er die Hälfte abgeschnitten.

Ja, der Pirzer war ein Schlaucherl!

tredition®

Über tredition

Eigenes Buch veröffentlichen

tredition wurde 2006 in Hamburg gegründet und hat seither mehrere tausend Buchtitel veröffentlicht. Autoren veröffentlichen in wenigen leichten Schritten gedruckte Bücher, e-Books und audio-Books. tredition hat das Ziel, die beste und fairste Veröffentlichungsmöglichkeit für Autoren zu bieten.

tredition wurde mit der Erkenntnis gegründet, dass nur etwa jedes 200. bei Verlagen eingereichte Manuskript veröffentlicht wird. Dabei hat jedes Buch seinen Markt, also seine Leser. tredition sorgt dafür, dass für jedes Buch die Leserschaft auch erreicht wird.

Im einzigartigen Literatur-Netzwerk von tredition bieten zahlreiche Literatur-Partner (das sind Lektoren, Übersetzer, Hörbuchsprecher und Illustratoren) ihre Dienstleistung an, um Manuskripte zu verbessern oder die Vielfalt zu erhöhen. Autoren vereinbaren direkt mit den Literatur-Partnern die Konditionen ihrer Zusammenarbeit und partizipieren gemeinsam am Erfolg des Buches.

Das gesamte Verlagsprogramm von tredition ist bei allen stationären Buchhandlungen und Online-Buchhändlern wie z. B. Amazon erhältlich. e-Books stehen bei den führenden Online-Portalen (z. B. iBookstore von Apple oder Kindle von Amazon) zum Verkauf.

Einfach leicht ein Buch veröffentlichen: **www.tredition.de**

Eigene Buchreihe oder eigenen Verlag gründen

Seit 2009 bietet tredition sein Verlagskonzept auch als sogenanntes "White-Label" an. Das bedeutet, dass andere Unternehmen, Institutionen und Personen risikofrei und unkompliziert selbst zum Herausgeber von Büchern und Buchreihen unter eigener Marke werden können. tredition übernimmt dabei das komplette Herstellungs- und Distributionsrisiko.

Zahlreiche Zeitschriften-, Zeitungs- und Buchverlage, Universitäten, Forschungseinrichtungen u.v.m. nutzen diese Dienstleistung von tredition, um unter eigener Marke ohne Risiko Bücher zu verlegen.

Alle Informationen im Internet: **www.tredition.de/fuer-verlage**

tredition wurde mit mehreren Innovationspreisen ausgezeichnet, u. a. mit dem Webfuture Award und dem Innovationspreis der Buch Digitale.

tredition ist Mitglied im Börsenverein des Deutschen Buchhandels.

Dieses Werk elektronisch lesen

Dieses Werk ist Teil der Gutenberg-DE Edition DVD. Diese enthält das komplette Archiv des Projekt Gutenberg-DE. Die DVD ist im Internet erhältlich auf **http://gutenbergshop.abc.de**